KB118091

중얼거리는 천사들
박해석 시집

문학동네시인선 094 박해석

중얼거리는 천사들

시인의 말

  노인을 위한 나라가 없듯이 늙어가는 시인을 위한 세상은
없다. 그러므로
  마음으로나마 젊어지려고 나는 오늘도 이 몹쓸 놈의 시
를 생각한다.

2017년 5월
박해석

차례

시인의 말   005

1부

망극   012
부곡(部曲)의 봄날 용법   014
봄밤에 짓다   015
뻐꾸기 풍년   018
이 회삼물 반죽으로   020
한밤중에 우는 아기에게   022
유방을 기리는 노래   025
일곱 살   026
애오라지나무   027
롤러코스터 홀로코스트   028
불꽃놀이   029
누항사(陋巷詞)   030
알불   031
어느 가을날   032
산국   033
간추린 풍경   034
저녁연기   035
청어가 있는 저녁   036
행운동에 와서   038

눈송이들 040

무야(戊夜) 042

그믐치 044

모정 046

손 048

2부

천국에서 보낸 한철 052

무위의 시 053

한로(寒露) 054

연두가 새로 와도 055

UFO를 위한 시 056

비 057

개미지옥 058

동침 059

가족력 060

다시 부곡에 산다 062

부곡에서는 전대가 날아다닌다 065

부곡의 예술가 068

글로벌리즘을 찬양하라 072

두 근 반 세 근 반 하는 이 마음을 074

사립초등학교 아이들을 보며   076

소년 문사   079

네 노래는 거기 있어라   080

나, 나나니벌은   082

보리수나무 아래서   084

중얼거리는 천사들   086

귀뚜라미의 귀가   089

어느 늦가을날   090

매봉   092

조랑말 프로젝트   093

3부

띄어쓰기에 맞게 쓴 시   098

선의   099

나쁜 서정시 2   100

포스트파라다이스   102

2008, 무자년, 망통   105

훤화가   108

이순(耳順)의 귀를 눈으로 옮겨 적다   110

시월의 나비   112

어떤 행진 앞에서   114

무릎걸음으로 116

지혈(地血) 속으로 118

만리장성 120

꽃아, 너는 좋겠다 122

동묘의 모란을 보고 나와 124

비 내리는 테헤란로 126

돼지가 ㅎㅎㅎ 웃는 날 129

위대한 꾸〔句〕 132

종로유사(鐘路遺事) 134

눈 부릅뜬 눈 138

마지막 모닥불 140

파경을 향하여 142

빙탄의 시 145

자, 이제 우리 그만 작별하세 146

1부

망극

말이 있어 하루가 열리고
물이 있어 하루가 흐르네
말길 물길 내기 위해
말을 넣고 물을 붓고
오늘을 여네 오늘이 열리네
말길 열어 너에게로 가고
물길 열려 나에게로 오네
말길 물길 어우러져
무등 태우고 곱사춤 추고
사랑한다 사랑한다 이 한마디 말
흐르는 저 물위에 놓을 제
어느 꽃잎인들 낯 붉히지 않으랴
두 손으로 얼굴 가리지 않으랴
때로 말길에 차여 시퍼런 멍이 들고
물길에 치여 오금이 서슬 퍼래도
굽이굽이 천 길 벼랑 아래로
만 길 폭포로 쏟아져내려도
다시 만나 흐르지 않으랴
짝지어 뺨 부비며 흘러가지 않으랴
내일을 트기 위해 말길 다소곳해지고
내일 또 잇기 위해 물길 잦아드네
다 못다 한 말길 물길
꿈길에 길 내어주고

하루를 닫네 하루가 닫히네   —

부곡(部曲)의 봄날 용법

　그래도 낡은 전세 아파트 양지바른 곳에서는 눈곱 낀 어
미 개가 새끼들에게 젖을 물리고 있고나

　어제 아침엔 까치가 까작까작 오늘 해거름엔 뻐꾹뻐꾹 뻐
꾸기 우는 소리 들렸고나

　어머니 친정 가셨단다 시악시 적 삼단 머리 어느새 한줌
백발 되어 그 머리 이고 몇 번 더는 못 볼 흰구름 아래 가
셨단다

　아내는 소식 없고 자식놈들 문자 한 자 안 날리고 벗님네
들 오금팽이 바람 든 벗님네들

　우리 께벗고 멱감던 하북에 가 둥둥 떠내려오던 똥덩이나
찾아볼까 어둠 속에서 껌 땍땍 오징어 질겅질겅 똥갈보 누
이들 살던 부대 철길이나 방문해볼까

　잠깐 존 사이 웬 집달관인가 몸뚱이 여기저기 붙여놓고 간
딱지 떼어 후 불어주니 노랑나비가 팔랑팔랑 날아가는고나

　그나마 낼 아침 일쯱 상경할 일 생겨 이 호주머니 저 뺴
다지 뒤져 거마비 챙기는 부지런한 손이 있어 부끄럽지만
은 않고나

봄밤에 짓다

가난을 표나게 하는 것 같아 죄송합니다만
우리 가난홍보대사 홍보하고는 항렬이 어떻게 되는지요
요즘엔 눈총도 손가락질도 받지 못하는 천덕꾸러기 되었
지만
구구절절 피눈물 흘린 그대 가난
끊임없는 전란 군주의 어리석음 미색 양귀비의
요사스러움 때문이었을까요
그대 애옥살이 행적 손가락 짚어가며 좇아가는 밤
간언도 잘하지만 딸린 식구들 밥 굶기지 않으려고
쌀 좀 보내달라고 간청도 곧잘 해야 하는 그대
성도 밖 물가에 친척과 벗들의 도움으로
떼풀로 지붕 이어 지은 초가집이
지상의 유일한 안식처라 그리도 마음에 들어했는지요
지금은 웅장한 '두보초당(杜甫草堂)'이 되어 관람객이 끊
이지 않는다지요
삼협에 뜬 달이 물마루 가슴마루에 비쳐드는 외로운 심사
타향 떠나면 또다른 타향 거기 어딘가에 굶어 죽은 아들
묻고
평생 먹물 노릇 후회는 하지 않았는지요
그대 시편 행간마다 피비린 북소리 울리고
쫓겨가는 백성들의 창백한 옷자락 나부끼고
잔나비 울음소리에 촛불마저 꺼지는 밤
내일이면 또 식솔들 굴비 두름 엮듯 엮어 한 줄로 세워

누런 하늘 아래를 걸었으니
그대 지고 이고 간 하늘은 오늘 여기도 매한가지
동서에 고금을 통해 글쟁이 호강한 적 없으나
이 나라 조정에서 글지이 딱한 사정을 어찌 헤아려
방방곡곡에 방을 내어 작품을 응모케 하여
낙점을 받으면 구휼미 스무 석석 나눠준다기에
상갓집 개도 먹길 꺼린다는 국록에 눈이 멀어
우선 그거라도 받아 호구를 덜어볼 욕심에
때묻은 공책 침 발라 넘겨가며 떨리는 손으로
무딘 붓 잡고 한 자 한 자 적어내려가는 밤
그대같이 「빈교행(貧交行)」 노래하던 가객도 사라지고
찬 서리 눈보라에 국화꽃 상찬하던 풍류도
기개도 눈 녹은 듯 보이지 않고
난삽과 교언영색의 말글만 무시로 춤추듯 어지럽고
가난은 사랑의 하인이라는 사랑스러운 금언도
더는 가슴에 와 닿지 않고
직장도 없고 소중하던 사람은 가까운 듯 멀리 있고
처자식과 떨어져 노모와 밥 끓여 먹는 날들
요행히 글삯 몇 푼 생기면 서슴없이 서너 냥쯤 헐겠습니다
그대가 반색했다는 말젖과 포도로 빚은 유주는 구하기 힘
들더라도
여기 불소주 물소주 된 지 오래되어 제맛을 잃었더라도
한산곡주와 이강주는 아직 불기운 살아 있어 마실 만하

지요
　그게 안 맞으시면 제가 한때 즐겨 마셨던 이과두주나 고
량주에
　마파두부 안주 삼아 마시면 어떻겠습니까
　아니면 지금 제가 마시고 있는 막걸리를 맛보시는 건 어
떻겠습니까
　황하의 일엽편주같이 떠돌던 그대의 파란만장이
　천파만파 허연 물보라로 일어났다 스러져가는
　한강 유람선 난간에 기대어 추억에 잠기는 건 어떨는지요
　우리 사는 속내 물고기 배래기처럼 확 뒤집어보는 건 또
어떨는지요
　살벌한 북풍 휘몰아치는 상강
　병든 몸으로 배에 누워 세상에 작별을 고한 그대
　주검을 운구할 방법이 없어 마흔세 해가 넘어서야 겨우
　고향으로 돌아간 그대
　다시 한번 몸 일으켜 기러기 편에 일자서 띄우면
　멀지 않은 평택 나루에 나가 기다리겠습니다
　버드나무 없어도 버드나무 가지 잡고
　버들잎 없어도 버들잎 한 잎 두 잎 씹으며
　서늘한 가난 앞세우고 올 당신
　꼭두새벽부터 기다려보겠습니다

뻐꾸기 풍년

큰일났다, 뻐꾸기가 풍년이다
오늘도 뻐꾸기 뻐꾸기가 운다
그 옛날 우리네 가을 하늘처럼 높은 옥타브로
청아하게 울지 않고
숨넘어갈 듯 다급하게 운다
잠도 아니 자는지 알람시계가 고장났는지
식전 댓바람부터 땅거미가 재바르게 땅을 파먹을 때까지
돌림노래로 배뱅잇굿으로 릴레이하며 운다
오뉴월 한철만도 아닌 연일 상종가를 치며 운다
너희들은 예로부터 남의 둥지에 알 낳는 재주가 뛰어나
다는데
알 낳을 둥지가 모자라 저리 우는지 모르겠다
너희도 그만큼 전월세난이 심각하다는 증표 아닌지 모르
겠다
그걸 하소연이라도 하듯
온종일 동서남북 옮겨가며 서럽게 우는지 모르겠다
어떻게든 자식을 낳아놓아야
어떤 수단 방법 가리지 않고 키울 수 있을 텐데
애초부터 낳는 일부터가 이리 힘드니
그런 이치로 보면 뻐꾸기 풍년은 슬픈 풍년 아니냐
소쩍새 우는 소리가 "솥 작다 솥 작다" 소리로 들리면
그해에는 풍년이 든다는데
뻐꾸기 우는 내력을 잘 모르는 우리네지만

너희 울음소리가 천석꾼 만석꾼도 부럽지 않을 풍년이다만
자식 농사는 꿈도 못 꾸니
죽 쑤고 국으로 앉아 있는 이 가문 날에
천지 천지 울음 천지에 목이 잠겨가는 뻐꾸기들아
박하사탕이라도 목캔디라도 물려주고 싶은 뻐꾸기들아
내일 또 이 마을 저 고을 발품 파느라
온 삭신이 순창고추장 다 되어갈 뻐꾸기들아
큰일이다, 해를 거듭할수록 이 나라 뻐꾸기마저 대풍이다

이 회삼물 반죽으로

저 하늘 높이 위치한 해 달 별
사이좋은 형제처럼 끌고 끌어주며
서로 비추어주며
멋진 화음으로 천상의 음악을 연주한다네
밤이나 낮이나 추우나 더우나 우리를 찾아온다네
편견 없는 이들 트리오의 의리 하나는
절대 신뢰할 만하다네

그 아래 꼼지락거리는 것들 우리 어린것들
일찍부터 국 영 수를 입에 올리고 산다네
요즘에는 순서가 바뀌었지만
이 세 마리 토끼를 잡으려고 토끼 새끼들은
눈만 뜨면 눈알이 시뻘겋게
부모들에게 사정없이 토끼몰이를 당한다네
그 트라이앵글에 목을 매게 한다네

친구 딸 혼배성사를 보러 성당에 갔지
미사포 쓴 여인들 신부의 선창에 따라
성부 성자 성령의 이름으로를 연창하더군
이 견고한 삼위일체의 이름으로
성호를 긋고 또 긋곤 하더군
그렇게 주님께 오직 살아 계신 주님을 향해
변함없는 사랑을 보내고 있었다네

새벽마다 잉크 냄새 풍기는 신문을 들고
곧장 화장실에 간다네
변기에 걸터앉아 그것을 펼치자마자 쏟아지는
정치 경제 사회
이 막강한 트로이카가 세상을 굴려간다네
우리는 이들 반죽으로 만든 밥 먹고 우려낸 물 마시고
그들 불한당의 거리로 사냥개처럼 달려간다네

그들의 하수인인 망나니가 칼을 휘두르는 거리
거기 강철 솟대마다 내걸린 올가미에
모가지 드리우고 컥컥 숨이 막힌 채
치고받고 할퀴고 물어뜯으며
그들 회삼물로 만든 단지 속 한줌 가루로
마지막 잠들 때까지
오늘도 죽기 살기로 가위 바위 보를 한다네

한밤중에 우는 아기에게

아가야,
너는 오늘도 한밤중에 우는구나
옆집의 옆집인지 건너뛰어 복도 끝 집인지
네가 울어 잠이 깬 건지 모르지만
이 아저씨에게 하나도 미안할 것 없다
아저씨는 언젠가부터 하룻밤에 서너 번씩
눈이 떠지는 게 습관이 되었단다

오랜 고통으로 몸부림치는 엄마 몸을 찢고
이 세상에 나온 지 얼마 안 되는 아가야
눈 아직 제대로 뜰 줄 모르는 강아지야
낮잠을 많이 자 잠이 오지 않아 그런 걸까
어디가 아파 우는 걸까
네가 우는 것이 자연스럽게 커가는 과정이므로
별 뾰족한 처방이 없다는 의사의 소견대로
네가 지금 울고 있다면 다행이겠구나

아가야,
네가 우는 소리를 들으며 이런 생각을 하는 아저씨에게
 붉은 핏덩이 두고 웬 잠꼬대, 끌끌 혀를 차는 이도 있겠
지만
네가 태어난 이 나라가 희망이 있다는구나
빈곤에 신음하고 하루가 멀다고 이웃나라에 시달리고

약소민족이라고 설움받던
비바람 잘 날 없이 무엇이 끊임없이 터지고 터지던
아저씨가 살아온 이 나라
그리고 장차 네가 살아갈 이 나라가
네가 성년이 되는 때쯤에는 이곳 아시아에서
제일 힘이 센 나라가 된다는구나
그뿐이 아니란다 이름높은 서양의 어떤 사람은
네가 지금의 아저씨 나이를 먹을 즈음에는
지구상에서 다섯 손가락 안에 드는 강대국이 되어
세계의 중심에 우뚝 선다는구나
머리 좋고 교육열 높고 부지런한 국민성 때문이란다

아가야,
아저씨는 솔직히 이런 말들이 실감이 안 난다
이렇게 강한 나라가 된다는 게
남들이 부러워할 국민으로 산다는 게
자랑스럽기보다 왠지 두려움이 앞서는구나
우리는 너무나 많이 속고 속이며 살아왔단다
그래서 미처 남을 사랑하는 법을 배우지 못했단다
친절하지도 아량을 베푸는 법도 익히지 못했단다
남을 돕는 데 너무 인색하다고 비판을 받아온 우리들이
우리보다 못살고 힘이 약한 나라들을 위해
무엇을 어떻게 해줄 수 있는지

알량한 동정을 빌미로 그들을 깔보고 업신여기지나 않을
는지

아가야, 한밤중에 우는 아가야
엄마는 지금 젖이 모자라 쩔쩔매는 것이 아니냐
우유병을 물지 않으려고 네가 도리질하는 바람에
정신이 하나도 없는 게 아니냐
고단한 아빠는 누가 떠메가도 모르게 곯아떨어져 있고
아가야, 그러나 너무 오래 아프게 울지는 말아라
순둥이 소리 들으라고 하는 소리가 아니다
앞으로 아무리 놀랄 만한 신세계가 와도
아저씨는 너에게 그런 날이 오지 않았으면 하고 바라지만
아무래도 기뻐 울 일보다 슬퍼 울 때가 많을 것이므로
그때마다 울 울음은 남겨두어야 하므로

아가야,
내일 다시 한밤중에 이 아저씨와 함께 깨어
힘차게 우는 울음 속에 또 하루를 커갈 아이야
세상 속으로 한 발짝 더 걸어들어갈 아이야
잘 자렴, 예쁜 꿈 꾸고

유방을 기리는 노래

오 봉우리여 불끈 솟은 두 봉우리여
해와 달이 그보다 높고 밝으랴
하늘과 바다가 그보다 깊고 넓으랴
움켜쥐노라 깨무노라 마시노라
알몸인 너를 알몸으로 눈부시게 일어선 너를
오오 봉우리여 너는 항상 우리를 이끄나니
태초로부터 너희 봉우리는
숨탄것들의 새끼들을 위하여 샘물을 베푸나니
말을 이쿠기 전에 글을 깨치기 앞서
우리가 처음 본 것은 맛본 것은
너희로부터 비롯되었나니
오 봉우리여 산이여
싱싱한 산봉우리 노적가리여
끝끝내 우리를 살리는 순 알짜 쌀뒤주여
알파 오메가 살뜨물이여
주검조차 입맛 다시며 소생케 하는
생명이여
오오 어머니여 모오든 어머니의 어머니여

일곱 살

벌거숭이 꼬마의 붕알을 향해
집게발을 벌리고 있는
이중섭의 게 그림
거기까지다
세상 물정 모르는 고추가 풋고추가
천둥벌거숭이로 활개치는 일
거기서부터다
애먼 잠지가 세상과 낯가림하는
싸우는 맛을 알기 시작하는
미운 일곱 살이 온다
그로부터 머지않다
잠지가 게를 껴입고 자지가 되는 날 또한

애오라지나무

"손, 머리 어깨 무릎 발 무릎 발" 선생님의 노래와 손동작
에 맞춰 제대로 몸도 못 가누면서 앙증맞은 고사리 두 손을
움직여 차례로 머리 어깨 무릎 발에 갖다붙이는 유치원 아
이들을 보고 있노라면, 머리에 얼른 떠오르는 건 애오라지
나무밖에 없다. 몸통과 가지와 잎새와 뿌리, 이 사대육신만
으로 애오라지 한세상을 사는 나무들. 그런 그들에게 미안
한 일이지만, 그 나무들 앞에서 내가 득의양양할 때가 있다.
산책길에 누가 나무 이름을 물어올 때인데, 내가 아는 나무
는 고작 열 손가락 안팎이지만, 나는 아무렇지도 않게 확신
에 찬 목소리로 "애오라지나무!"라고 대답한다. 상대방이
미심쩍어하는 눈치가 보이면 "학명과 원산지는 잘 모르지
만"이라거나 "작은 식물도감에는 안 나오지만"이라는 꼬리
말을 붙이면 고개를 갸웃거리거나 "그런 나무도 다 있어?
처음 듣네"라고 못 미더워하면서도 그냥 속아넘어가(는 척
해)준다. 애오라지 하늘의 태양에 순종하고 달빛 별빛에 감
사하고 비바람에 울고 웃는, 뿌리는 일찍이 대지와 한몸이
되어 있으니 세상의 모든 나무는 사심 없는 애오라지나무이
다. 애오라지 하나로 무장한 것은 나무밖에 없는 것 같다.
애오라지 그렇게 할 만한 것이 아무것도 없는 나는 나무 근
처에서 그 그늘 아래에서도 살 자격이 없지만, 마음 붙일 곳
하나 없을 때 찾아가 부둥켜안고 뺨 부비고 싶은 것은, 그리
고 잘못되어 목을 매게 된다면 그것 역시 애오라지 애오라
지나무밖에 없을 성싶다.

롤러코스터 홀로코스트

피어나는 꽃들과 푸른 잎새마다
음악이 흐르는
이 찬란한 오월에
길게 줄을 서서
간단없이 들려오는
단말마에
깜짝 놀라며
몸서리치며
조마조마
아수라의 시간을 기다리네

불꽃놀이

오, 하고 탄성을 터뜨리는 사이
아, 하고 탄식을 토해내는 사이
저 죄 많은 돈다발들이
저 죄 없는 꽃다발들이
태평성대 공화국의
한여름 밤 만백성 꿈다발들이
한순간에 화라락 불살라지누나
한줌 재도 없이 자취도 없이
가차없이 매조지누나

누항사(陋巷詞)

바늘방석은 내가
온종일 자기를 깔아뭉개는 줄만 알 거야
숨죽여 바늘을 뽑아내는 줄은 모를 거야
그렇지 않고서야 저렇게 시치미를 뗄 수 있을까
비명 한마디 지르지 않을 수 있을까

바늘방석은 내가
뽑아낸 바늘을 쌈지에 담아 저잣거리로
날마다 방물장수 되어 떠도는 줄 모를 거야
그렇지 않고서야 다음날이면 또
새 바늘옷을 입고 그 자리에 앉히고 싶을까
숨이 막히도록 자기를 깔고 앉으라고 내버려둘 수 있을까

알불

종로구 숭인동 동묘 앞
벼룩시장 벼룩들 툭툭 탁탁
전을 접을 때
술내 풍기며 게슴츠레한 눈으로
게걸음치며
오르내리는 사내들의 거리 한편에
신방에 든 듯
초록 저고리 다홍치마로 앉아 있었습니다
신문지 위에는
당귀 황기 홍삼 우황청심환 무좀약 따위가
가지런히 놓여 있었습니다
오도카니 앞만 바라보고 있는 여인의
귀밑머리가 한 올 한 올 풀어지고 있었습니다
사내들의 눈초리에 저고리 고름도 사르르
흘러내리는 것도 모른 채
붉은 노을이 알불을 켠 그 자리만 홀로 환했습니다
아 조선족 조선족

어느 가을날

천신보살을 모시는
쇠락한 당집 대문간
말라 죽은 대나무 장대에 일렬종대로 꿰인
태극기 백색기 적색기
허공에 나부낀다
허전해 뵈는 저 백색기에 무엇을 들이면 좋을까
멋진 구호를 쓸까
새로운 맹세를 적을까
아냐, 그런 것들은 개에게나 훌쩍 던져주고
서툰 먹물 솜씨로
개다리소반에 찌그러진 주전자
막걸리 양푼 김치 보시기
젓가락 한 매
그래, 그거면 족하지
술 한잔 치고 두어 모금 마시고
먼산바라기로 있다가
천신보살 대신 애기보살로 슬쩍 바꿔쳐
도리도리 짝자꿍 한바탕 놀아봤으면
빛바랜 저 깃발 같은 날들은 이미
다 지나가버리고
이제 그 깃발마저 찢어버리려고
찢기지 않으려고 사투를 벌이는
이 바람 찬 가을 오후에

산국

어허, 저자에서 멀리
혼자 떨어져
이슬 먹고
햇볕 받아
홀로 피었다
발소리 말소리 싫어
고라니 오소리도
살금살금 소풍 오는 곳
어허, 혼자 웃었다
홀로 견디었다
너보다 먼저 별똥을 보고
너희보다 서둘러 무서리 맞고
갈가마귀 울음에
홀로 야위겠다
어흥, 싸늘한 무한 천공에
노오란
외마디 비명만 남긴 채
혼자 지겠다

간추린 풍경

횡단보도 앞에 다정하게 서 있는 흰 버스 노란 버스
꼬리가 짧은 노란 버스 안에는 노란 꽃들이 타고 있다
꽃들은 재재바르다 짓까분다
길이가 긴 흰 버스 안에는 흰 꽃도 검은 꽃도 앉아 있지만
그 꽃들은 조용하다 몇 송이는 흐느껴 운다

신호가 바뀌고 두 버스가 나란히 출발한다
흰 버스는 길게 출렁이며 가고
노란 버스는 짧게 촐랑이며 가고
길이가 긴 버스는 길게 오래 달려가야 할 것 같고
꼬리가 짧은 버스는 짧게 가서 곧 꼬리를 내려놓을 것 같고

그리고 그 뒤를 웬 심통인지 꽥꽥 소리지르는
초록 버스가 구르며 굴려가는 봄, 아침, 양재대로,

저녁연기

어둑발 내리는
전라도의 궁벽진 산촌
굽이돌아 지나가노라니
수수밭가에 외딴집 하나
성긴 오종대 너머 또 하나
그 두 집에서 사이좋게 피워올리는
저녁연기
힘차지도 숨가쁘지도 않게
한 점 흐트러짐 없이
올곧게 솟아오르는 두 줄기 연기
저기 사람이 살고 있다는 것
피붙이 두엇씩은 있으리라는 것
그래서 '인가'라는 새 단어가
세상에 생겨났으리라는 것
모처럼 인간의 얼굴이
체온이 만져졌다
오롯이 하늘에 순명하는
연기 속으로
인가 속으로
숟가락 대신 두 손 들고
천천히 걸어들어가고 싶었다

청어가 있는 저녁

저도 이제 나이를 먹었는가보다
젊었을 땐 손에 무얼 들고 다니는 걸
그렇게도 싫어하더니만
웬일로 검은 비닐봉지를 들고 왔네
쏟아놓고 보니 토막 낸 청어가 들어 있네
저 애가 이것이 무슨 물고긴 줄 알고 사왔을까
너나없이 살림이 어려운 이웃들 밥상에도
자주 오른 걸 보면
그때는 이 비린 것이 그래도 흔한 생선이었던가봐
그러나 바닷물도 세월을 타
눈 씻고 찾아봐도 잘 보이지 않던 이것들이
이제 다시 살아 돌아왔단 말인가
잔가시가 많아 새끼들에게 그걸 발라주느라
내 차지가 있었던가 생각도 안 나는데
무슨 맛이었던지 새삼 기억이 되살아나줄까
처자식은 어따 훌쩍 떼놓고 와
나하고 겸상하는 걸 마뜩찮아 하는 녀석
저는 저 아래 앉은뱅이책상에 앉아 먹고
나는 식탁에서 지진 청어를 먹는데
눈이 어두워 가시가 어디에 박혀 있는지
그때만큼이나 성가시도록 많은지 적은지
헤아리기 앞서
우선 살점 한 점 입에 넣어 오물거리는데

그 맛을 알 수가 없네
어느새 이 다 빠져 씹을 수가 없네

행운동에 와서

하늘을 받들어 모시고 사는 일의 힘듦을 알았을까
그 오래 참고 견딤의 작은 위로일까
봉천동에서 행운동으로 동 이름이 바뀐
처자식이 사는 집에 와 하룻밤을 묵는다
집장수가 똑같은 구조의 집을
네다섯 채 후다닥 지은 탓인지
여름에는 더 덥고 겨울에는 더 추운
계단은 항상 침침하고 지저분하지만
오늘은 비 내리는 가을밤이라서 그런지
최신식 원룸들이 포위하듯 들어서서 그런지
풍상에 시달린 붉은 벽돌집이 가막소 한가지고
착 가라앉은 품이 열두대문 큰집 외딴 행랑 같다
빗소리를 껴안고 든 잠이 모처럼 다디단데
빗소리에 살풋 잠이 엷어진 새벽에
어디 개 짖는 소리 들렸더라
희미하게 닭 우는 소리도 들리더라
잠자리 벗어나면 큰길 건너 원당시장 푸줏간으로 가리라
삼겹살 두어 근 끊고 상추 깻잎 사고
휴일이라 늦잠 자려는 자식놈들 두들겨 깨워
고기 구워 아귀아귀 먹으리라
그리고 돌아가는 길에
하늘 가까워 그만큼 가파른 비탈길 내려가며
마주할 것이다

지난밤 비에 말갛게 씻긴 관악(冠岳)을
그 정수리에서부터 흘러내리는 햇빛에
깨끗하게 빛나는 이마를
이 또한 작은 행운이라 생각느니
전세 사는 이 집이 하찮은 우거는 아니라고
위리안치 누옥 같다는 생각은
머릿속에서 잠시 지워버릴 것이다
반(半)가족이 살아 '한가족 빌라'라는 이름에는
미안해할지라도

눈송이들

짐짓 생각에 잠긴 눈송이와 조마조마 가슴 졸이는 눈송이
와 눈 때꾼한 눈송이와 눈텡이 밤텡이 된 눈송이와 까칠한
눈송이와 땍땍거리는 눈송이와 다리모가지 부러진 눈송이
와 뿔테 안경 쓴 눈송이와 방황하는 눈송이와 좌고우면 눈
송이와 따따부따 눈송이와 분식회계 눈송이와 송이송이 눈
송이와 조곤조곤 눈송이와 꿀밤 먹은 눈송이와 봉두난발 눈
송이와 공중제비 눈송이와 허공에서의 알바 시급은 얼마냐
고 묻는 눈송이와 계산은 무엇으로 하느냐고 캐묻는 눈송이
와 매맞는 눈송이와 무엇을 잊고 온 듯 훌쩍 치솟는 눈송이
와 곤두박질하는 눈송이와 계급장 뗀 눈송이와 바코드에 찍
히지 못하는 눈송이와 개발에 편자 눈송이와 눈웃음치는 눈
송이와 비웃음당하는 눈송이와 쩔고 까부는 눈송이와 맥 놓
고 있는 눈송이와 으앙 하는 눈송이와 그렇고 그런 눈송이
들이 내리고 내리고 내리는데 "흩날리는 눈송이의 덧없는
운명을 바라보며 비탄에 잠"*길 줄도 모르는 바보 맹추 눈
송이는 기막힌 타이밍으로 어딘가에서 흘러나오는 "한 송이
눈을 봐도 고향 눈이요 두 송이 눈을 봐도 고향 눈일세"**를
입속으로 따라 부르며

비스듬히 내리는 동무 따라
비스듬히 내리는 그
곁에서
더는 비스듬히라고 할 수 없을 만큼

비스듬히 저를 눕혀
차례차례 땅에 내려

남부버스터미널
대합실을 나와
바람에 쓸리며
비스듬히 계단을 내려가는
남부여대 일가족의
발밑에 깔리며

어디로 어디로 가고 있는 있는지도 모를 눈송이를 따라 걸
어가는데 걸어가고만 있는데……

* 비스와바 쉼보르스카(1923~2012): 폴란드의 여성 시인.
** 가요 〈고향설〉.

무야(戊夜)

입춘 전날
오래된 벗들과 함께
완화병동에 누워 있는 그대 보러 간 날
이미 시간의 끄트머리를 베고 있어
많은 말들이 필요하지 않았으나
그래도 헤어질 때 술꾼답게
"가다가 술 한잔하고 가야지?"
이 말만은 빠뜨리지 않은 그대
그 말이 지상에서의 그대가 나에게 건넨
마지막 말이었네
그대는 기억하고 있을까
내가 그대 만나 처음 던졌던 말을
"조형, 우리 술 한잔할까요?"
하늘이 뻥 뚫린 듯
폭설 쏟아지고 밤새 그치지 않고
그다음다음 날 그대 눈감았다고
그대 아들딸 국운 운아 이름으로 문자 왔네
그날 이후 자주 깨는 잠을 더 자주 깨고
오늘 또 어떻게 어떻게도 할 수 없는 시간
눈떠 어둠 속에 일어나 앉아 있네
손꼽을 수 있는 촌수 그 수 점점 줄어들고
그 곱던 사람 눈주름 얼마나 늘었을까
어처구니없는 세상사 얼마나 많았고

가슴속에 오롯이 남아 있는 인간사 너무 적고
어떤 살붙이보다 살갑던 그대는 보이지 않고
이제 남은 건 텅 빈 손과 열없는 가슴뿐이라
갈데없는 웃풍에 비루한 몸뚱이 더 상할까봐
따듯하게 여며준 이불 한 자락 가만 쓸어보네
창밖은 컴컴하고 역린의 고추바람은
발굽 쳐 달려가는데
눈밭에 까마귀 서예하고 있다야
나도 주막에 가 막걸리 한잔 빨고 싶다야
그대 목소리 가평 골짜기 돌아나오는데
백주대낮의 환한 메아리로
술잔 속 술처럼 남실남실 되돌아나오는데
언제 그 많은 날들이 아무렇지 않게 지나가고 있었는지
없는 듯 있고 있는 듯 없던
어제는 그대 사십구재였는데
어떻게 어떻게도 할 수 없어
허공 위 어디쯤에서 웃고 있을 그대 찾아보려고
봄 없는 봄하늘만 눈이 시리도록 보고 왔는데

그믐치

아버지가 남기고 간 유산 둘
동산 부동산 항목은 먼지 한 점 없이 깨끗하고
그때에는 물론 없었겠지만 마이너스 통장 같은 것도 없고
계왕주 아내를 대신해 달필 펜글씨로
계꾼들 번호 순서대로 낸 돈 타먹은 돈
적어놓은 치부책 한 권
이 유형의 실물 유산보다는 보이지 않는 무형의 유산
그 값이 저울에 올려놓으면 몇 돈쭝일지 모를
꼼짝 않는 저울눈이 야속할 것도 없는, 그믐
그날이 오면 쌀 팔고 약 사는 급한 불부터 끄고 나서
(소방차라도 앵앵거리며 마구 달려오는가)
내 축구공도 사주겠다는 그믐
네댓 살 나에게는 알라딘의 램프만큼 신기했다
호남에서 내로라하던 고모부 목공소
사무실에서 펜대 굴리다 벽에 붙은 전화 송수화기 들고
"모시모시" 전화받다
시간 나면 직공들 틈에 섞여 갓 만들어진 가구
애벌 니스 붓질하던 아버지
오랜 병치레에 보름 한번 못 보고 일찍 스러져간 아버지
훗날 뒤늦게 귀동냥으로 그믐이
아버지 간조날이란 걸 알았다
그믐치하느라 꺼무룩한 하늘에 대고 전화를 한다
아버지, 아직도 아프세요

요즘은 뭐 하세요
거기 경기는 괜찮은가요
그곳 봉급날은 언제지요
제 신발이 다 떨어졌거든요

모정

웬만한 아파트 단지나 근린공원 한곳에
팔각지붕을 얹고 서 있는 현대식 정자
침 맞고 오는 길에 당신은 불현듯
심상한 목소리로
"저기 모정이 있네"라고 말한다
중년 여자들이 화투를 치거나
할머니가 붙박이로 앉아 있던 곳
한 번도 거기 가까이 다가가지 않은
당신의 모정
동구 앞 둥구나무 아래이든
푸른 벼 모가지 쏴아 물결치는 것이
메뚜기들 다투어 뜀뛰기하는 게
황새가 우렁을 잡아먹으려고
날개 활짝 펴고 논바닥에 내리는 게
손에 잡힐 듯 보이는 농로 어느 곳에서든
올연히 서 있었을 당신의 모정
시집가는 당신과 함께 고향을 떠나와
어디를 얼마나 떠돌다
지금 저 자리에 자리잡은 것인가
그날 이후로 나에게도 그것은 그대로 모정이 되었다
당신 가셔도 모정으로만 기억될
자기를 모정으로 불러준 인연의 어머니를 오래 추억할
정자는 지금은 텅 빈 몸으로

찬 누뤼알을 온전하게 받아들이고 있다

손

길손이여, 너는 아직 멀다
삼백 리 사백 리 더 멀다
가고 있는 길 또한 모른다
손에 피를 묻힐수록 고향에서
멀어진다는 불길한 예언 때문일까
이제 아무도 제 안태 묻힌 곳 그리워하거나
섣불리 찾아가지 않는다
제삿날 큰집을 밝히던 불빛들이여
얼굴들이여
함께 절을 하고 음식을 나눠 먹고
아침이면 하나같이 길손이 되어 떠나면서
손 흔들어주던 사람들이여
그 손을 다소곳이 잡아줄 손들이
이제는 보이지 않는다
죽어, 죽어서라도 쉽게는 가지 못하고
네 뼛가루 받아줄 고향은 지금
어디에 있는지
깊게 파인 어머니 이마의 주름살과
밭고랑의 흙냄새와 발아래
꼼지락거리던 벌레들은 다 어디로 갔는지
길손이여, 네 손을 펴보라
어디로인지 어지럽게 뻗어 있는 강줄기
그것이 희미하게 저물며 밤이 올 때

어느 손이 너를 귀한 손으로 여겨
문을 열어줄 것인가
덥썩 두 손 잡아 안으로 이끌어들일 것인가
피 묻힌 손에 남은 자국 감추려고
밤길 재촉해 나아가도
칠백 리 팔백 리 더 멀어만 가는가
오늘도 길 떠나는 길손이여
왜 고향은 갈수록 이리 멀어져만 가는가

2부

천국에서 보낸 한철

아무도 없는 방에 혼자
누워 있었다
하마 잠자리 놀러왔을까
매미가 울었을까
연이어 들려오는 천둥소리에는
나도 모르게 둥글게
몸이 웅크려졌다

무엇인가 하나씩 돋아나
꼼지락거리는 것이 좋았다
물장구치는 것이 좋았다
그때마다 그 소리 들으려고
가만히 귀를 대는 기척이 느껴졌다
커다란 손바닥의 온기도 전해져왔다

그곳을 떠나면서 처음으로
울음을 터뜨렸다
그렇게 어느 여인의 품에서
떨어져나왔다

더이상 아무 말도 하고 싶지 않다

무위의 시

우두커니가 우두커니 먼산만 바라보다가
오늘도 별 탈 없이 하루가 가는구나 하고
지친 다리 좀 쉴까, 고개 꺾어 아래를 내려다보니

거기 고즈넉이가 고즈넉이 앉아 있는 게 아니겠어요
제 그림자인 줄 알고 손짓을 해도 꿈쩍도 않아
이봐, 너는 누군데 내 자리에 들어와 앉아 있지
그런 뜻의 눈짓을 보냈지만 아무런 반응이 없었어요
고즈넉이가 고즈넉이 올려다보는 눈빛에
우두커니는 또 우두커니가 될 수밖에요

세상에는 때로 이런 말없는 동무가 있어
살고 살아지는 게 아니겠어요

한로(寒露)

해질녘 양재천
한 발 괴어 무연히
대모산 바라고 섰는
백로 한 마리
한 폭 그림 같은
이 소슬한 풍경 앞에서
나는 왜 그가
물속에 담근 가는 발
발가락 힘 한껏 그러모아
방금 잡은 먹잇감 놓치지 않으려고
안절부절못한다고 생각하는가
애써 딴청을 부리느라
온몸이 하얗게 경직되어간다고 생각하는가

연두가 새로 와도

이사 온 마을 등뒤에 봉산(烽山)이 있어
그 이름에 걸맞게 봉산정도 있어
그리고 그 앞에 또 봉수대(烽燧臺)도 있어
물론 복원한 것이지만
셋은 많고 하나는 외로울까봐
의좋은 오누이처럼 세워놓은 두 개의 봉수대
여기저기에서 다투어 연두가 새로 돋아오는 날
이른 저녁 먹고 불쏘시개감으로
묵은 신문지 한 움큼 들고 산에 올랐어
마른 삭정이 눈에 띄는 대로 주워
누이 쪽 봉수대 아궁이에 함께 넣고 불을 붙였어
타라, 타라, 타올라라!
눈앞의 북한산 안산 인왕산도
저멀리 남산 청계산에서도
회신 하나 없었어
한양 도성의 불빛이 너무 밝아서인지
연기 한줄기 오르는 것 눈치 못 채었어
흰옷 좋아하던 사람들
문 꼭꼭 잠그고 커튼 치고
아직도 정감록이나 읽고 있는지
색맹이 되어 있었어
구들장 베고 누워
모두가 벙어리 냉가슴이 되어 있었어

UFO를 위한 시

마지막 곡마단 동춘서커스
접시돌리기 곡예사의
한 개 접시라도 되었던들
저 떠돌이 비행은 없을 것을
쏜살같이 나타나 살같이 사라지는
소동을 부리지 않아도 좋을 것을
삼시 세끼 밥 잘 얻어먹고
재주껏 재주를 부리며 살아갈 것을
하루 일과를 마치면 피곤한 몸을 침상에 누이고
아무에게도 들키지 않고
훨훨 하늘을 나는 꿈을 꿀 수 있을 것을
다음날이면 또 어김없이
곡예사의 긴 막대 끝에 올라앉아
정신없이 춤을 출 수 있을 것을
곡마단이 망하지 않는다면
네가 방심만 하지 않는다면
잘 길들여진 접시가 되어
천천히 천천히 늙어갈 것을
비록 몸은 지상에 꽁꽁 묶여 있어도

비

용산역 광장 무료 급식 버스 앞으로 길게 이어진 줄이
차츰 줄어들며
우산들이 모인다
맨머리도 있다
땅에 식판을 내려놓고 더러는 손에 쥔 채
쪼그려 밥을 먹는다
빗줄기가 굵어지며 염치없이
우산 속으로 쳐들어가는 놈이 있다
눈으로 뛰어들어가는 놈이 있다
한술 더 떠 얼굴을 타고 흘러내리다가
굴러떨어져
수저 위 밥알을 아작아작 적셔주는 놈이 있다
너무 짜게 먹으면 몸에 해롭다고
국에 풍덩 빠져
휘휘 휘저어 간 맞춰주는 놈도 있다

개미지옥

인간은 생각하고 신은 웃는다
—유대 속담

땅에 작고도 가장 지혜로운 것
넷이 있나니
사반과 메뚜기와 도마뱀
이 셋에다
그들보다 앞선 첫번째로 개미
나를 치켜세우며
허약한 육신으로 땀 뻘뻘 흘리며 일하게 만든
이 미물에게
무슨 억하심정으로
어떻게 그렇게 험악한 단어를 갖다붙이게 했는지

당신, 정말!

조심하시라
언젠가는 아가리 한껏 벌려
집어삼킬지 모르니까
저 높은 곳에서
팔짱 끼고 가만 앉아 있는
베짱이
당신을

동침

도깨비바늘이 왔어요
도깨비 나라의 불가촉천민
누구 하나 붙들어주지 않아
제가 먼저 손내밀어
그에게 찰싹 몸 붙여왔어요

도깨비바늘이 왔어요
도깨비 나라의 슬픔 한목숨
머리를 다 숙이고 앉아
누구에게도 눈길 보내지 않아
제가 손잡고 데려왔어요

밤이, 밤이 왔어요
아무도 꿈꾸지 않는
홍가화택 문지방 너머
우리 함께 도깨비꿈 꿀
긴긴밤이 왔어요

가족력

방금집안력이라고하셨소현대의학은별걸다문소병만고치면되지그깟것알아무얼하오유구하지도유치하지도않지만한마디로구우일모도껀개껀이오나전주이씨요안동권가요폼잡을일없이고도리한장없이그냥홑껍데기쭉정이오그이상은모르오대대로누가무슨벼슬했다던가경복궁에근정전창덕궁에인정전맞소그돌계단아래두줄맞춰서있는품석맨꼬라비에라도읍하고있던작자가있었는지모르겠소가문에가계보따지는놈들일수록옛날에공명첩에매관매직한놈들이오요즘의천민졸부와개다리참봉이뭐가다르겠소우리집안은족보가없소학교에서애들에게우리조상님알아보기그따위숙제내주면죽을맛이라하오고향의국제로터리클럽회원인사촌동생이기름때묻은작업복벗고양복빼입고회의에나가도자랑할그게없으니차마기를못편다오그래어쩌다피붙이살붙이모이면십시일반갹출하여본때있는족보하나만들자고침튀기나돌아서면그뿐이오나요이미죽은목숨이오호적부내이름석자에붉은줄그어내가벌써사망한걸로되어있다니까요어느시러베자식이한일인지혼인할때처가될쪽에서우리집안뒷조사하다신랑될놈이망자가되어있으니그걸꼬투리삼아시비깨나있었소동사무소직원이본적지호적계에정정신고를하라고합디다만이제와서뭘그럴필요있겠소죽은자식불알만지는꼴아니오아살아나면뭐할거요이순신이모함을받아옥에갇힐때남긴사생유명이니사당사의*라그것참명언이오또대선이오지금몇공화국이오공화국이바뀌면서울시내버스색깔만바뀐다는어느교수의안

060

목이볼만하오그런데전임시장이버스색깔을미리용도껏구분
해칠해놓았으니그견해도이젠유야무야요정치는더러운일이
라고한게대머리요털북숭이요그사람정말매독환자였소그냥
사는거요쥐꼬리만한국민연금받아가며언제까지살랑가모르
겠소만똥오줌잘누고내분수껏나물먹고물마시고사는거요뭐
요가족중에누구고혈압당뇨환자없느냐구요이봐요의사양반
내가지금껏지껄인집안력은뭐고가족력은또뭐요듣기쉬운말
로당신핏줄중에이딴골병든위인있소없소하면벌써끝났을걸
인생유한한데이렇게입주둥이놀려허비해도되는거요뭐요아
쿠쿠쿠쿠내혈압!

* 死生有命 死當死矣: 죽고 사는 것은 천명에 달렸으니, 죽게 되면
죽겠다는 뜻.

다시 부곡에 산다

망구순 넘긴 노모와 늦은 아침 먹고
조금만 움직여도 허리뼈가 불거져나올 것 같아
누워 한숨 돌려야겠다는 당신 말을 당신이 어기고
시장엘 간다
가장 짧은 동선을 찾아 언젠가는
당신 혼자서도 다녀올 수 있게 길을 내며 간다
한 오십 년 세월 저쪽 길은 그대로일 텐데
길 바깥에 있는 길을 모자는 알아보지 못한다
여기가 어디쯤인지 서로 다른 의견을 내보지만
누가 정답인지는 알 수가 없다
일쩍 홀몸이 된 당신과 코흘리개 소년이 잔달음쳤을 이
거리
한쪽은 호호백발이 다른 한쪽은 반백이 되어
나란히 시장에 간다
길가 간이 화단에 피어 있는 꽃 앞에서 걸음을 멈추고
참 이쁘구나, 한눈을 팔다 그예 그 자리에서 한참을 쉰다
오늘은 오일장, 시간이 일러서인가 폭염 때문인가
인도에까지 올라와 차일 치던 장꾼들은 얼마 없고,
옛 차부 뒤에 있던 재래시장으로 들어간다
당신처럼 얼굴에 골짜기 서너 채씩 거느린 할머니들과
거기 가까이 맞닿아가는 여자들이 벌인 좌판
콩꼬투리를 까거나 나물과 푸성귀를 다듬고 있다
플라스틱 바구니에 담겨 이삼천 원 하는 것들

그러나 하나같이 파릇파릇 이목구비 반듯한 것들
풋고추와 오이와 가지와 대파 들을 산다
무겁지도 그렇다고 전혀 가볍지도 않은 이것들
당신 또래의 할머니는 동부를 한 움큼 더 얹어준다
나도 여기서 장사를 해볼까, 할 것 같아
당신 혼자 중얼거려보지만 아들은 못 들은 척
장바구니 밖으로 자꾸 삐져나오는 대파 꼬랑지를
사정없이 그 아가리 속으로 쑤셔넣는다
연사흘 내린 폭염 특보
당신 머리 위에 얹힌 간난신고가 그보다 더 뜨거웠음을
아들은 제 등짐의 무게와 아픔만큼 헤아리지 못하고
무량하게 쏟아져내리는 열기에 자주 얼굴을 찡그린다
고향은 너무 멀어 가지 못하고
한때 난전처럼 살았던 이곳에 다시 와
노구를 이끌고 시장을 헤매는 당신
또 한번 실패해 두 손 두 발 다 든 아들의 무능을 탓하지
않고
오히려 당당히 앞세우고
검은 비닐봉지는 한사코 자신이 들고 가겠다고 승강이를
벌인다
하늘 아래 사는 일이 어제오늘이 아니건만
자꾸 허방 짚는 땅 우에서 더는
미끄러지지 않으려고 안간힘을 쓰며

—   보폭 줄여 함께 걷는 것이 오랜 모자 관계인 양
이번에는 백발이 한발 앞서고 반백이 뒤따라
어지러운 시장통 빠져나와 온 길 복습해가며
부곡의 한 모퉁이를 한 걸음 한 걸음씩 돌아나간다

—

부곡에서는 전대가 날아다닌다

한때는 시로까지 승격되더니 하루아침에 인근 시에 흡수 합병되면서 그 시의 예닐곱 개 동으로 전락한 이 소도시에는 나들목뿐만 아니라 곳곳에 '△△관광특구'라는 홍보탑이 서 있습니다. 얼어죽을, 뭐 볼 게 있다고 저런 게 세워졌을까 고개를 갸우뚱하게 하는데, 한때 유명짜한 기지촌 소리 들으며 GI들이 거리에 넘쳐흐르고 그 여파로 양색시, 덤으로 똥갈보까지 만화방창하던 그 요순시절, 볼 만한 것이 있다면 그것뿐이겠는데, 그것도 관광이라면 관광이겠지만, 지금은 그것들마저 해일엔 듯 한꺼번에 쓸려나간 마당에 새삼 관광특구라고 허가를 내준 사람들의 의중이 심히 의심스러운 까닭에서 그렇습니다.

그러나 낙향해 몇 달 살다보니 한 가지 특구 지역은 되겠습디다. 시도 때도 없이 가슴을 찢어발기는 전투기 폭음에, 오포(午砲) 소리에, 하기식 음악이 들리는 것은 미 공군기지가 있는 탓이니 어쩔 수 없이 논외로 치고, 그럼 무엇인고 하니, 도시를 질주하는 전대들의 행렬이 제법이라는 것입니다. 한낮에도 심심치 않게 보이지만 어스름이 깔릴 즈음부터 주문받은 먹거리를 싣고 무섭게 내달리는 오토바이, 스쿠터는 그들이 내지르는 굉음과 함께 단연 눈에 띄는 유일한 것이었습니다.

아파트 현관문마다 찰떡처럼 척척 나붙는 베스트 맛집, 음식 천국, 푸드 친구 같은 자석식 광고물들에는 음식점 주소, 약도는커녕 달랑 주문 전화번호만 올라 있는데다가, 도시 이쪽 끝에서 저쪽 끝까지 칼치기 같은 곡예 운전 없이도 칠팔 분이면 주파해가는 저들의 기동성도 단단히 한몫 거든다고 보아야겠지요. 그리하여 그 필수 휴대품인 전대 효용 가치를 한껏 드높이려고 피자가 치킨이 탕수육이 양장피가 보쌈이 묵은지울대쩜이 순두부가 뚝배기된장찌개가 부대찌개가 감자탕이 족발이 고기왕만두가 스시가 우럭회가 물냉면 칡냉면이 돈가스가 거기다가 생맥주에 소주까지 먹고 마실 수 있는 모든 것들이 경쟁에 뒤질세라 눈썹을 휘날리며 달려가는 것이었습니다.

커피는 음료, 아니 기호 음료라고 합니까. 마티즈, 모닝 같은 경차는 옆구리와 뒷유리에 봉다방이니 연지다방 같은 상호를 대문짝만하게 써붙이고 풀밭구리에 쥐 드나들듯 도시 구석구석을 싸돌아다니는데, 연지다방의 연지 아가씨는 전대를 어디에 차는지, 연꽃처럼 봉긋한 젖을 감싼 브래지어 안인지 사타구니 어디쯤인지 살짝 궁금하기도 합니다.

각설하고, 본론으로 들어가겠습니다만, 총리·장관·고위공직자 후보자들 인사청문회 때 보면 무슨 기본이 그리도 많습니까. 위장 전입 기본, 세금 탈루 기본, 다운 계약서 작성 기본, 땅투기 아파트 투기 기본, 본인은 물론 자식 병역 면탈 기본, 논문 표절 기본, 전관예우 기본 등등. 공복으로서 정작 갖춰야 할 기본조차 안 갖춘 이런 분들을 위해 제가 제안 하나 해도 되겠습니까.

어렵사리 국회를 통과해 청와대에서 임명장만 받을 일만

남은 그들을 이곳으로 한번 내려오게 하는 것이 어떻겠습
니까. 삶의 현장 체험의 일환으로 하룻밤을 노력 봉사하게
하는 것입니다. 오토바이, 스쿠터를 처음 타보는 이들을 위
해서는 짐자전거라도 마련하여 전대를 채우게 하는 것입니
다. 서툴기 짝이 없겠지만 숙달된 조교, 아니 선임들의 조
언과 지도를 받아가며 그 일을 통해 돈의 소중함을, 돈벌이
의 어려움을, 청백리 됨의 지난함을 깨우치게 하는 것입니
다. 아가리 벌린 망태에 몽기작몽기작 기어들어가는 게처
럼 한두 푼 지전이 꾸역꾸역 제자리 찾아 들어가는 황송한
전대를 차고 달리다보면, 밤에서 밤으로 바람같이 날아다
니다보면, 민초들의 노고와 고충을 어느 정도 헤아릴 수 있
지 않겠습니까.
　　그렇게 되면 혹 이들을 보려고 찾아오는 관광객으로 하여
이곳이 관광특구로서의 명맥을 이어가는 데 조그만 도움은
되지 않겠습니까. 아니 그렇습니까요.

부곡의 예술가

『불량직업 잔혹사』라는 불량스럽고 잔혹한 책을 보면, 로마 속주인 고릿적 영국의 로만브리튼 시대부터 중세를 거쳐 빅토리아 왕조에 이르기까지 각 시대를 대표할 만한 최악의 직업이 망라되어 있습니다. 구토물 수거인, 서캐잡이, 돌팔이 의사의 조수로서 산 두꺼비를 꿀꺽 삼켜 죽음의 위기에 처했다가 의사의 특허 의약품인 해독제를 먹어 이를 모면하게 되는—아니면 죽을 수도 있는—토드 이터, 흑사병 매장인, 불알 깐 가수 카스트라토, 인간 분쇄기, 하수관 수색꾼 등등.

이름만 들어도 섬뜩한 걸 보면 사형집행인 정도는 오히려 심플하고 우아하다고 할까요. 그그러게 한국고용정보원이 펴낸 『한국직업사전』에 오른 우리나라 종류별 직업 가짓수는 자그만치 일만 삼천여 개나 된다고 하니, 그 속에는 저들 불량직업 못지않은 소름 끼치고 정나미 떨어지는 직업도 꽤나 들어 있을 것입니다.

예술가라는 직업이 있습니다. 시원찮은 명예에 수입도 변변찮고 자존심 하나로 버틴다는 예술가, 시간이 흐를수록 눈 한번 치떴다 내리까는 존재로밖에 알아주지 않는 예술가. 여기 문신 예술가가 있습니다. 문신 기계에 먹물이나 물감을 주입하고 바늘을 움직여 살갗 이곳저곳에 글씨와 무늬와 그림을 쓰고 그리고 새기는 행위. 그것도 예술이라고 비아냥거릴 이도 있겠지만, 그럼 뭐라고 하겠습니까. 장난 짓거리라고 잘난 해프닝이라고 매도하면 속이 시원하시겠습니까.

　이 나라 문신계가 첫 장을 여는 시대에 속하는 그는 내 중고등학교 동창으로 조용한 성격에 학창 시절부터 미술에 관심과 소질이 있었는지 모르지만, 특별활동 생물반에 있다가 미술반으로 옮겼다는 것만 알 뿐, 그가 어떻게 이 문신 예술을 접하게 되었는지 세세하게 밝혀진 것은 없으나, 군복무 중에 의정부에서 처음 문신이란 걸 보았고, 제대 후에 우연찮게 평택에서 지근거리인 팽성읍 안정리라는 곳에서 코딱지만한 문신을 해주고 육십 불을 받는 것을 보고 야, 이거 돈벌이가 되겠다 싶어 그 사람 어깨너머로 요령껏 습득한 노하우에 자신의 개성을 가미하려고 애쓴 것이 평생 직업의 출발점이라고 하겠습니다.

　시절이 좋아 미군부대 정문 앞에 차린 작업실에는 입소문을 타고 남녀 양키들이 끊이지 않고 찾아왔습니다. 그가 손수 만든 그림본을 보고 선택을 하면 그 형태와 크기와 난이도와 위치에 따라 가격이 매겨지고 시술 횟수도 정해졌습니다. 그때만 해도 국내에서는 희귀 직업이라 달러가 새끼 치듯 몰려들어 일 불에서부터 백 불짜리까지를 시트처럼 펴놓고 그 위에서 잠을 잔 적도 있다고 합니다. 그런데 이런 데에도 씀씀이가 큰 이 나라 선민들, 그중에서도 압권은 단연 조폭들입니다. 그들은 등판 문신을 선호하여 등짝 전체에 현란한 색채의 아라베스크 문양처럼 용틀임하는 용 그림이나 백귀도 같은 걸 아로새기는데, 그가 조폭에게 받은 최고가 문신 비용은 칠백만 원. 그런데 이런 와중에도 빼놓을 수 없는 직업이 등장하는데 속칭 '나까마'라고 부르는 브로커. 그 브로커—생뚱맞게도 수학 선생이었다고 합니다—에게 물경 삼백만 원을 뜯겼으니 그의 타투 수가는 중동무이가 되어버렸습니다.

삼십여 년 동안 조수 하나 없이 혼자 해온 문신, 따로 은퇴할 것도 없이 때 되어 문 닫으면 누가 뭐라겠습니까만, 그가 하는 일이 갈수록 영 생광스럽게 느껴지지 않는 것은, 머리에 피도 안 마른 젊은것들이 너도나도 끼어들어 덤핑을 해대는 바람에 제값 받고 문신 예술을 꽃피울 수 없다는 자괴감이 자꾸만 그의 의욕을 갉아먹는 것 같았습니다.

갑사 사하촌에서 식당을 하는 친구 여식 혼례가 있어 공주에 다녀오는 길에 하객 일행은 삼복더위에 목도 축일 겸 마곡사 들머리의 물레방아가 돌고 있는 한 음식점으로 들어갔습니다. 도토리묵과 파전과 술을 시켰습니다. 그가 마침 내 맞은편에 앉았습니다. 술을 잘 못하는 그에게 시원한 막걸리를 따라주었습니다. 그는 젓가락으로 묵을 집어올리려고 애를 쓰고 있었습니다. 쉽지 않아 보였습니다. 묵이야 미끌미끌해 그렇다 치고 파전을 먹으려 할 때에도 사정은 마찬가지였습니다. 그때 나는 보았습니다. 그의 손이 떨리는 것을, 멈추지 않는 것을.

"예술가, 이제 예술 활동 안 해?" 막 입 밖으로 튀어나오려는 말을 나는 얼른 도로 삼켰습니다. 예술가 한 명이 그렇

게 사라지는 것이 짠해, 팔뚝에 하트를 꿰뚫은 큐피드의 화 ‾
살이 박혀 있는 문신이라도 하나 받아둘걸, 그런 생각을 하
며 그의 손을, 그의 얼굴을 번갈아 바라보고만 있었습니다.

‾

글로벌리즘을 찬양하라

메이드 인 방글라데시 팬츠 바람으로
메이드 인 싱가포르 마란츠로 FM 채널 93.1 모차르트를
들으며
메이드 인 러시아 질레트 일회용 이중 면도날로 면도를
하고
메이드 인 온두라스 감색 티셔츠 위에
메이드 인 타일랜드 폴로 로고가 박힌 갈색 점퍼를 걸치고
메이드 인 베트남 녹말이쑤시개 가븨얍게 물고
메이드 인 유에스에이 50달러짜리 지폐를 들고 K-55 정
문 앞 지큐 환전소에 간다
메이드 인 자메이카 블루마운틴 원두커피가 좋을까 콜롬
비아 슈프리모가 더 나을까
메이드 인 칠레 카사블랑카 레드 와인으로 기분 한번 내
보는 것도 괜찮을 거야
메이드 인 프랑스 멜로 영화는 요즘 왜 도통 수입이 안 되
는지 몰라
메이드 인 스페인 화가 피카소와 미로의 석판화가 책장에
대각선으로 놓여 있는 거실에서
메이드 인 차이나 효자손으로 가려운 등을 살살 긁으며
메이드 인 콩고 작가 알랭 마방쿠의『아프리카 술집, 외상
은 어림없지』를 킬킬대며 마저 다 읽어야지
메이드 인 코리아 CCTV가 눈알 희번덕거리며 짯짯이 밤
을 지키는 수도권의 소도시에서

메이드 인 갓(?) 별들이 정다운 눈빛 보내지 않은 지 까마 ⎯
득한 글로벌 하늘 아래에서

두 근 반 세 근 반 하는 이 마음을

가령, 네가 지금 모처럼 올려다보고 있는 달까지의 거리를
몇 마장이라고 할 수는 없겠지
그것은 옛 고향 황톳길 거리 단위로는 맞춤하겠지만
저 달을 우리만 독차지할 수 없는 노릇이니
만국 공통 도량형 단위인 킬로미터로 표기하는 것이 좋
겠지

그런데 말야
오랜 관습의 뿌리에 인이 박여서인지
세계화에의 세뇌화가 덜 되어서인지
학습 효과가 아직은 덜 나타나서인지
돼지고기 한 근 달라고 해야지
육백 그램 어쩌고는 안 된단 말야
김장용 고추를 살 때에도 이놈 한 근에 얼마예요, 라고
묻지
일 킬로그램에 얼마나 하는가요, 하는 사람 못 봤어

에누리 한푼 없는 하루치의 무게를
몇 온스라고 하면 누가 알아먹겠어
캐럿이라는 단위를 쓰는 다이아몬드는 우리 사전에
쉽게 등재되기 어렵겠지만
요즈음 언감생심인 손주놈 돌반지도
몇 돈이라고 불러줘야 금방 감이 잡히는 거야

소금쟁이가 헤여나가며 일으키는 물살의 거리를
몇 미터라고 꼭 밝혀야겠어?
손뼘재기로 얼마라고 하면 비과학적이 되는 거야?
한목숨 하면 그 속에 다 들어 있다고
그 깊이와 넓이와 부피와 덤으로 딸린 부속물의 용량까지
그걸 어떻게 일일이 다 따져 무슨 단위로 적어넣을 건데?

섭씨 삼십몇 도인지는 몰라도
찌는 듯한 무더위 속을
아무 내색 않고 걸어오는 그대를 보면
이내 두 근 반 세 근 반 하는 이 마음을
대체 무슨 도량형 단위로 대체할 수 있겠어
그런데 그런데 말야
자리에 앉자마자 목이 탈 그대를 위해
여기 생맥주 두 잔요 하면 될 걸
시원한 카스 오백 시시, 노? 그럼 차갑게 시아시한 클라
우드 프리미엄 두 병요
외래어 섞어가며 명토 박아 주문할 건 뭐야
나도 이제 서서히 글로벌 인간이 되어가는 거야?
속절없이 무데뽀로 진일보한 세계화의 시민의 반열에 오
른 거야?

사립초등학교 아이들을 보며

나는 너희들의 커리큘럼을 모른다
너희들의 교실이 어떻게 꾸며져 있는지
책걸상이 어떤 재질로 만들어졌는지
급식 식단은 어떻게 짜여져 있는지
언제부터 원어민 교사에게 영어를 배우게 되는지
나는 모른다 나는 안다
원색의 제복을 입은 너희들이 날씬하게 빠진 스쿨버스
를 타고
도심을 가로지를 때
차창에 얼굴을 대고 너희가 손을 흔드는 것을 볼 때
너희들은 너무 일찍 경쟁을 통해 이 세상에 나왔다는 것을
부모의 심사숙고한 결정에 따른 것이겠지만
평범하게 너희 앞날을 설계하는 것을 거부당하고
시작부터 추첨이라는 모험을 통해
엄마 아빠가 원하는 학교에 들어가는 길을 택했다는 것을
그것은 그것을 치러내야 할 자격이 있는 부모들만 할 수
있다는 것을
너희들은 너희 또래가 무상으로 받는 교육을 사양하고
비싼 수업료를 내고 공부를 한다는 것을
그리고 아무나 쉽게 전입학을 할 수 없다는 것을
대기자 명단에 끼어 오래 참고 기다려야 한다는 것을
나는 안다 나는 모른다
너희들은 어떻게 고급 정원수들이 즐비한 정원이 딸린 저

택이나
　운동장만한 평수의 아파트를 소유한 집안의
　세습 자제가 되어 오늘의 너희에까지 그 영향이 미치게
되었는가를
　엄마 손을 잡고 종종걸음으로 학교에 가는 즐거움을
　안락한 쿠션의 자가용에 익숙한 너희들은 모를 것이다
　그러나 너희들은 차츰 알아갈 것이다
　너희들은 진정 선택받은 아이들이라는 것을
　너희 아버지의 신분과 계급과 지위가 높다는 것을
　어머니는 교양과 품위와 센스를 갖춘 여자라는 것을
　그런 그들은 자신보다 더 나은 미래를 위해
　너희들을 키우고 가르치고 싶어한다는 것을
　자신이 누리고 있는 부와 명예를 한 차원 더 향상시키기
위해
　토양이 다른 곳에서부터 씨앗을 발아시켜야 한다는 것을
　그 사랑과 책임을 다하기 위해 별별 수단과 방법을 동원
한다는 것을
　너희들은 은연중에 깨달을 것이다 긍지로 여기게 될 것
이다
　나는 방과후에 너희들이 또 무엇을 배우고 익히는지 모
른다
　우리가 듣도 보도 못한 것을 한다고 해도 나는 놀라지 않
을 것이다

여름방학을 맞아 남극으로 펭귄 견학을 간다 해도 이상하
게 생각하지 않을 것이다
너희들은 행운아이기 때문에 그 행운을 시험할 자는 없
을 것이다
천재지변이나 청천벽력 같은 변고로 집안이 파탄 지경에
까지 이르지 않는다면
운명의 수레바퀴는 쉽게 너희들의 운명을 바꿔놓지 않을
것이다
너희들은 너희에게 주어진 그 길을 순탄하게 걸어갈 것
이다
격에 맞는 짝을 만나 자식을 낳고 근사하게 키울 것이다
스쿨버스 차창을 통해 너희 엄마 아빠가 했던 것처럼
우리를 향해 손을 흔드는 기쁨을 맛보게 할 것이다
그 기쁨이 대대로 이어지게 되는 것을 자연스럽고
당연하게 받아들일 것이다

소년 문사

한겨울 함박눈 송이눈
그들에게 장원 차상일랑 내어주고

햇솜눈 포슬눈
그들에겐 차하 참방쯤은 가져가게 하고

선심 쓰듯 주는 장려상에
목놓아 울지도 못하고
목을 놓아버리는
너, 진눈깨비

나, 그런 지저깨비 같은 사랑이나 쓰다 가겠다

네 노래는 거기 있어라

……강가에서 나는 울었노라, 라고 너는
쓰지 않았다
바벨론의 여러 강가가 아닌 한강 강변에 앉아서도
너는 운 적이 없으므로 울지 않았으므로
그리하여 강에서 멀리 외따로 떨어져 너는
백지 위에 집을 그리고 길을 만드는 일에 복무했다
유행에 뒤떨어진 가사를 적어넣으며
어머니를 팔았다 누이를 불러냈다 놀보 아내의 주걱
밥풀떼기에 입맛 다시는 가난 동무에 정을 주었다
그때마다 조롱하고 충고하는 자가 있었으니
이보게, 그런 구닥다리 노래론 훌륭한 가수가 될 수 없어
장돌뱅이 약장수 각설이 품바꾼도 들어주지 않을걸
젊은 뮤즈들을 보라고 화려한 레토릭의 전신 갑주를 걸친
처녀들의 부푼 가슴을 날카롭게 위무하는
어둠 속 한줄기 빛에 탐닉하는 저
하루살이들을 가지고 무엇을 쓰겠나

사악한 뱀의 간계를 낡은 봄을 무찌르는 탱크를
탱크를 뛰어 넘어가는 나비의 날렵함을
티 없이 맑고 깨끗한 영혼을 그로테스크한 언어유희를
그런 노래를 지었던들 너는 외롭지 않았을걸
열외의 쓴맛은 맛보지 않았을걸
파리떼의 날갯짓 소리에는 태연히 미소 지었을걸

너를 치도곤한 네 노래는 거기 있어라
장미나무 매화나무가 아니면 어떠랴
나가미 아래 썩어 문드러진 생강나무 진액
매운 재 되어 바람에 날리는 그곳에
네 노래는 있어라
발치에 흐르는 강이 멀리 깃발처럼 흔들리며 올 때
단풍 빛깔로 한소끔씩 밀물져올 때
노래로 시든 내 생이 혹시 너를 아프게 했*는지 되뇌이며
마침내 강가에서 나는 꺼이꺼이 울었노라, 라고 쓸 수 있
을 때까지
네 노래는 거기 있어라

* 페데리코 가르시아 로르카(1899~1936): 스페인의 시인·극작가.

나, 나나니벌은

내 딴따라도 이만 내려놓으련다
녹슨 장물아비도
거간꾼에 흘레꾼도
옴니암니 산바꾼도
사돈에 팔촌에 쑥덕꾼도

숙주 나으리는 저기에
간살보살 걸신보살 음탕보살은 저어기에
괘씸죄에 무고죄에 보쌈을 지어도
호랑이도 안 물어갈 나이도 한참 지났는데
내 아등바등도 앙앙불락도
이제 그만 내려놓으련다
호패 차버리고 마패는 하늘 한가운데 내던지고
구멍난 담요 한 자락 깔고 앉아 신수패 떼다
짝 안 맞는 화투짝 되는대로 흩뜨려놓고

모두가 잠든 밤에 살며시 거적문 열고
모가지 길게 뽑아 옛사람 흉내내어
별아, 내 가슴에!
별자리 공부나 하련다
일등별은 저쪽으로 쭉정이별은 이쪽으로
별자리 엎어지면 다시 뒤집어놓고
흘러가면 그냥 내버려두고

오동지 치운 바람 속
불화살 맞은 듯 화상 입은 듯
꼬리별 하나 길게 꼬리 끌며 뛰어내리면
별아, 내 가슴팍에!
별무덤이나 한 기 지어주련다
그리하여 더는 내 고립무원도 사고무친도
서러워하지 않으련다 슬퍼하지 않으련다
새봄이 와도 사생결단이든 무엇이든
그런 안간힘도 안달도 하지 않으련다
가만 내려놓으련다
나, 나나니벌은

보리수나무 아래서

가래 끓는 붉은 조랑말 타고
천 개의 지게문이 있는 동네에 가
지분 냄새 풍기는 계집과 지분거리다
밤을 빼앗기고
시침 뚝 떼고 광나루 되건너온
건설방들을 위해
말총머리 아내는 파라솔 없는 파라솔용 원탁에
닭죽을 차려주며 이른다
새벽에 누렁이가 새끼를 여섯 마리나 낳았어요
낳다가 한 마리가 죽었어요
말총머리와 고슴도치머리와 새둥지머리는
허겁지겁 닭죽을 먹는다
다시 깍두기 보시기를 갖고 온 이쁜 안사람은
눈물이 글썽글썽한 목소리로 말한다
방금 한 마리가 또 죽었어요
개차반들은 얼굴 한번 들지 않고
열심히 뼈를 골라내며 게걸스레 닭죽을 먹는다
이번에는 쟁반에 물병과 컵을 들고 온
여자가 되어 소리친다
또 한 마리가 죽으려나봐!
우리는 개처럼 헛바닥으로 바닥을 싹싹 긁듯이
깨끗이 닭죽을 비운다
흰 꽃잎이 지천으로 떨어져내려 지표면을 덮은 그 위로

미처 거기 동참하지 못한 꽃잎이 점점이 흩날리는 사이   ―
보리수나무 아래에서의 아침 식사는 그렇게 끝났다

                                                              ―

중얼거리는 천사들

낯익었던 만큼 낯선 서울에 와 볼일 끝내고 나니
갈 곳도 전화할 데도 마땅찮아
언젠가 보았던 청계천의 오리가 생각나 그곳을 찾아갔다
물은 그때보다 더 탁해져 있었고
앞서거니 뒤서거니 소풍하던 오리 일가는
딴 곳으로 이사를 갔는지 보이지 않았다
오간수문을 지날 때였다
값비싼 등산복 차림의 잘생긴 청년이
행인들과 나란히 걸으며 앞지르며 뒤로 빠지며 뛰쳐나가며
계속 혼잣말을 하는 것이었다
검지로 하늘을 찌르며 무슨 소리를 내는가 하면
연인에게 하듯 나직이 속삭이기도 하는 것이었다
주위를 둘러보았으나 그와 동행하는 사람은 아무도 없었다

그끄저께는 도서관 앞뜰의 등나무 거푸집 아래에서
모노드라마 배우처럼 손짓 섞어 긴 대사를 읊는 남자를
보았고
오후 느지막이 장에 다녀오는 길에
어물전 앞에 앉아 한사코 입을 열지 않으려는 생선들과
정겹게 대화를 나누는 아낙을 보았고
길가에서 담배 낀 손가락과 턱을 번갈아 파출소를 가리
키며
새빨간 입술을 연신 달싹거리는 여자를 보았다

어제 CT촬영 결과 보러 아주대병원 가던 길
전철 안 옆자리의 신사는 귀에 스마트폰을 붙들어맨 채
웃고 얼굴을 찡그리고 혀를 차고 벌컥 화를 내고는 하였다
신사에게 어울리지 않는 행동 같았지만
나는 그가 손주에게 구연동화라도 들려주는 줄 알고
나도 모르게 귀를 기울여 내용을 훔쳐보려 했지만
모스부호처럼 외계인의 암호처럼
한마디도 해독이 되지 않았다

저들은 선녀와 나무꾼은 아니었을까
바보 온달과 평강 공주는 아니었을까
갑돌이와 갑순이는 아니었을까
그들 사이에 생긴 자식 그 자식들의 자식은 아니었을까
오래전에 집 나간 아버지의 아버지는 아니었을까
그 아버지의 시앗은 아니었을까 움딸은 아니었을까
악다구니 한번 속시원히 터뜨리지 못하고
슬기롭게 울부짖는 법도 터득하지 못하고
조상의 조상의 조상의 못난 조상의
무엇이든 안으로 안으로만 삭이며
웅얼웅얼 되새김하는 재주만 익힌
그런 기술만 갈고닦으며 살아온 것은 아니었을까

개똥이와 쇠똥이와 막둥이와 언년이와 서운네와 딸고만

— 이도
　다 사라져버린 삐질이들 속에서
　날개 없이도 펄럭이며 나부끼는 옷자락이 없어도
　눈치 보지 않고 어디 한군데 얽매이지 않고
　말과 몸의 가녀린 춤만으로 천상과 지상을 자유롭게 오
르내리는
　이 천사들을 오늘 만나는 일은
　얼마나 안타까운 일인가
　지린내 구린내 방귀 냄새 퐁퐁 풍기는 뺀질이들의 거리
에서
　내일 또다시 마주칠 수 있다는 것은
　얼마나 얼마나 가슴 아픈 일인가

—

귀뚜라미의 귀가

내가 잘못 보지 않았다면
틀림없는 너였다, 귀뚜라미야
밤새 단독 콘서트라도 가졌었느냐
어디 상가에라도 다녀오는 길이었느냐
새벽이슬 맞으며 지친 몸으로 귀가하는 너를
나는 자칫하면 밟을 뻔했다
목격자 하나 없는 숲속 오솔길에서
악살시킬 뻔했다
가슴이 콩알만해졌을 귀뚜라미야
식은땀으로 온몸이 후줄근해졌을 귀뚜라미야
어서 가 문 걸어 잠그고 잠을 자야지
밤이 점점 길어져 고단하겠지만
오늘밤에도 또 일하러 나가봐야겠지
내사 바쁠 것도 가야 할 데도 없으니까
너처럼 노래하는 법을 잊었으니
제때 제대로 우는 법도 잊어버렸으니
네가 먼저 지나가야 내 맘이 조금은 편켔구나
그렇지, 귀뚜라미야

어느 늦가을날

도립도서관 분관 복도를 지나가다가
반쯤 열린 창문으로
무슨 원예 강좌라도 있은 뒤끝인지
가지치기, 물관, 배젖, 구근 같은 단어가
칠판에 어지럽게 씌어 있는 것을 보았다
계단을 내려오며 이들과의 연관어를 조합하여
'낙엽에도 뿌리가 있다'라는 문장을 만들었다
정치가는 송충이만큼 싫어하지만
정치와는 근친상간인 사회적 동물의 후예답게
정치적 견해는 존중받아야 한다고 본 것이다
그리하여 이 문장 속에는 서민, 소외, 생활 의지 같은 것이
담겨 있다고 믿고 싶었다
일부 정치가들은 다르게 해석할 것이다
저것은 불온하고 불순한 자들의 음흉한 속셈이라고
연민과 동정을 빌미로 불평불만을 선동하고 있다고
약자만이 진실에 가깝고 정의를 대변하는 것은 어불성설
이라고
분수를 모르고 제 권리만 주장한다고
낙엽은 그 자리에서 썩어 없어져야 마땅하고
뿌리가 있으면 이미 그건 낙엽이 아니라고
만에 하나 뿌리가 생기기 전에 그 단초를 싹뚝 잘라버려
야 한다고
어린이 놀이터에 들어서자

공중방아로 모두거리로 낙엽들이 떨어져오고
무리 중에 서너 장이 안전하게 착지하지 못하고
이리저리 헤매다 저쪽 미끄럼틀 위로 날아가는 것을
지켜보았다
'그들은 바람의 손에 이끌려 어깨 겯고 낮은……'
문장을 채 완성하기도 전에
정치꾼들은 이런 표현에도 무슨 꼼수가 있지나 않은지
눈살을 찌푸리며 코를 킁킁거릴 거라는 데 생각이 미치자
적이 안심이 되었다

매봉

콩새 박새 콩닥콩닥 숨이 차 넘어가고

길 잘못 든 개고마리 휘어이 휘이 넘겨주고

기러기떼 기역 니은 노 저어 넘어가고

저승길 예비 사자 까마귀 콧등으로 튕겨 넘겨주고

정작 자기는 머리 위에 매 한 마리 못 띄우고

그 꼬리 끝 시치미 한번 시원스레 못 떼보고

책력 한 벌에도 못 미치는 해발 삼백삼십 미터

귀밑머리 오종종 흰 눈 쓰고 있어라

추워 추워 동상 걸린 손 호호 불고 있어라

낭에서 노루막이에서 어디 상사목에서

되살아올 메아리 목을 빼어 기다리고 있어라

초라니 텅 빈 가슴에 뜨겁게 안겨올 날 기다리고 있어라

조랑말 프로젝트

터키 동부 메소포타미아의 고대 도시 파르딘에는요, 옛 도시답게 골목길투성이인데요. 고지대 쓰레기를 치우기 위해 시청에서는 당나귀 공무원 오십여 마리를 채용했다는데요. 양 옆구리에 주렁주렁 쓰레기 자루—한쪽 무게가 자그만치 일백 킬로그램이나 나간다는데요—를 늘어뜨리고 졸랑졸랑 좁은 골목길을 돌아 돌아 내려온다는데요. 민가에서도 이를 응용하여 우리네 마트 같은 데서 물건 주문을 받으면 당나귀에 그걸 싣고 배달을 해준다는데요. 자전거 오토바이 그런 탈것보다는 한결 운치도 있고 적재량에도 효율성이 높다고 하는데요. 어떨깝쇼. 우리도 한번 해볼깝쇼.

제주도 조랑말 있잖아요. 섬에만 가두어두지 말고 서울로 불러올려 사는 형편이 안 좋아 상대적으로 오르막길 골목길이 많은 강북 도봉 관악 은평구에 우선 서너 마리씩 할당하는데요. 지자체뿐만 아니라 곳곳이 복지 예산 확대로 가뜩이나 재정이 더 열악해졌다고 아우성이니 정규직 비정규직 공무원은 아예 꿈도 못 꾸고 별정직도 어려우니, 소속은 구청 주민생활지원과나 노인복지과로 하되 요즘 유행하는 그 인턴 제도라는 걸 도입해 시험 운용해보자는 것인데요. 기력이 쇠하였거나 몸이 불편한 독거노인과 장애인들을 위해 사회복지사들과 함께 도시락 배달을 해준다거나 명절 때나 김장철에는 쌀 포대나 김치를 실어나른다든가, 찾아보면 쓸모가 한둘이 아니겠는데요.

그 밖의 일은 조랑말 혼자 하게 한다고요? 서울 교통이 얼마나 어지럽고 사나운데, 제주도 거기서도 한갓진 곳에서만 살던 녀석이 어떻게 혼자서 그것을 감당할 수 있겠어요. 그럴 때마다 조랑말 고삐 잡는 길라잡이는 누가 알맞을깝쇼. 어쩌다 주민센터에라도 가보면 빈둥거리는 공무원이 심심찮게 눈에 띄는데도 노상 일손이 부족하다는 그들에게 전적으로 이 일을 맡길 순 없고요, 구내 유휴 인력, 정년퇴직자들이든가 자원봉사자들을 활용해보는 것도 한 방법이 되겠는데요. 방학 때는 학생들 봉사활동의 하나로 선택해 시행해보고요.

그리고 이건 제 사견인데요. 일주일 중 하루는 대 구민 유대 증진 차원에서 조랑말을 그들에게 고스란히 돌려주자는 것인데요. 구청 앞 광장에 조랑말을 풀어놓아 구민 누구라도 조랑말을 사용할 수 있게 하자는 것인데요. 꼬마 애를 태우고 거리를 걷는다든가 나이드신 어머니를 앉히고 공원을 한 바퀴 돌게 한다든가, 아무튼 조랑말이 감당할 수 있는 근력과 무게 한도 내에서만 가능하게 하고, 한 사람이 독점할 수 없게 시간 할당을 균등하게 하고, 바통 터치가 잘 이루어지도록 세심한 배려 또한 있어야겠는데요.

제 걱정은요, 성질 급한 이 나라 백성들이 아무래도 행동거지가 느리고 연약한 이 조랑말을 아끼고 사랑할 수 있겠느냐는 것인데요. 자기 순서를 기다리다 조금만 늦어도 삿대질을 하지 않을까 하는 염려도 있고요, 담당 공무원이 제 부서 요원인 조랑말을 제 식구처럼 잘 먹이고 재우고 어디

아픈 데는 없는지 정성껏 보살펴줄지—물론 처음에는 신경을 많이 쓰겠지만요—그것도 의문이라는 것인데요,

그리고 무엇보다 이것이 가장 중요한 문제인데요. 힘에 부치고 도를 넘는 격무에다 매연과 소음에 지쳐 제 푸른 고향 제주를 그리워하다 향수병에 걸린 조랑말들이 밤이면 남몰래 눈물을 흘린다든가 시름시름 앓아눕지나 않을까 하는 것인데요. 노파심이라면 좋겠지만 그런 개연성이 많아 방정맞은 줄 알면서도 한말씀 드리는 것인데요. 그게 사실로 판명되면 제주도 조랑말 프로젝트가 한순간에 물거품이 되어버리는 것이 불을 보듯 뻔히 보여 하는 말인데요. 말 같지 않은 말이 씨가 되지 않았으면 정말 좋겠는데요. 세상일이란 게 하나도 만만한 게 없으니 근심 걱정되어 결국 이렇게 또 한마디 덧붙이고 말았는데요. 아무튼 그래도 그러니까 제주도 조랑말을 어떻게든 조심조심……

3부

띄어쓰기에 맞게 쓴 시

서로가 이만큼씩 떨어져 살아
이 세상이라고 띄어 쓰는가
그런 것들이 비로소 한데 모여
저세상이라고 붙여 쓰는가

더는 춥지 말자고
더는 외롭지 말자고
더는 헤어지지 말자고

선의

구례구역 가까이
압록 물소리 들릴 듯
들리는 곳
강 건너
솔수펑이 백로떼
오늘 몫의 모꼬지 모두 끝낸 듯
한 마리 두 마리 또 한 마리 또……
날개를 펴고
하루의 마지막 흰빛
너울너울
상감하는 어둠의 골짜기로
빨려들어간다

봉당에는 반딧불이라도 하나씩 나와
기다리고 있느냐

나쁜 서정시 2

광주 이후에도 별의별 시가 다 쓰여졌다

그때 그는 서른 살
시절은 흉흉했지만
서울에서 큰 불편 없이
혼자 살고 있었다
아침저녁으로 한강 다리를 건너다니며
직장에서는 눈코 뜰 새 없이 일하고
한숨 돌리듯 여자를 만나 영화를 보러 가고
여럿이 어울려 술도 마셨다
그는 불행하지도 행복하지도 않았다

그후 열다섯 해 지난 마흔다섯
이미 불혹을 넘긴 것을 깨닫지 못하고
한껏 미혹에 빠져
누군가는 귀신이 와 서는 것이 보이는 나이라는
그 나이에
그는 어쭙잖게 시인이 되었다

그의 시집을 읽어본 사람들은
이때까지 시를 써온 것이 신기하다고 했다
나 같으면 벌써 오래전에 시를 버렸을 것이라고도 했다
그는 그들의 의견에 동의했다

열 번 백 번 그들의 말이 옳다고 생각했다

좋은 세상 벼르며 피 흘리며 싸우다가
저렇게 초개같이 죽어갔는데
나는 이에 아랑곳없이 꿋꿋이 살아남아
시 몇 편 벼리고 벼려 이 세상에 이름 석 자 남기려고?

퉤, 퉤!

포스트파라다이스

태풍 곤파스 애먼 사람 몇 데리고 물러간 후
건들장마 건들바람 앞에 건들건들 꼬랑지 내린다오
뜬금없이 전화 수화기 잘못 놓지 않았느냐고 묻는 당신
우리에게 전화 올 데가 어딨어요
전화벨 울리지 않으니 얼마나 조용해요
눙치고 돌아서지만 어쩐지 조금은 쓸쓸하다오
개미 바퀴벌레 약 치는 여자도 가스검침원도
사악한 세상이에요, 라며 『파수대』와 『깨어라!』 책자를
놓고
이인조 여호와의 증인 신도도 사라지고
내일 당장 자기 목이 어떻게 될 줄 모르고
경비 업무 대체 외부 용역 전환 찬반 묻는 설문지 갖고 온
늙은 경비원도 돌아가고
날 저물고 이윽고 밤이 오니 열엿새 만월이라
스쿨존 따라 길게 휘돌아가며 이어진 아파트 행렬
댁들은 베란다로 나와 새시 열고 방충문 열고
목을 길게 빼야 볼 수 있지만
보셔요, 달빛은 우리집 후면을 정면으로 비쳐준다오
밤새워 서으로 서으로 갈 달님이여
한강수 지나 인당수 건너 멱라수까지 몇천 리요
오늘만큼은 더디게 더디게 노 저어 갈 수 없겠소
여기 잠시 머물러 쉬어 갈 수는 없겠소
당신, 당신은 알고 있을까 까마득 잊었을까

당신과 나를 떠받치고 있는 이 바닥 저 아래가 호수라는
것을
　그 옛날 '파라다이스' 유원지에 딸린 작은 호수였다는 것을
　우리 조무래기들은 보트는 못 타보고
　물 가녘에서 파닥이며 개구리 잡아 아이스께끼나 얻어먹
은 것을
　당신은 꽃 양산 쓰고 한두 번 나들이 나오지 않았을까
　야외 전축 틀어놓고 검은 얼굴 흰 몸뚱이들이
　호수 위 무덤가에서 춤추는 것을 보았을까
　당신은 남세스러운 광경에 얼른 눈길을 돌렸을까
　오늘밤 모처럼 호수로 내려가봤으면 좋겠소
　얼굴에 서너 번 물 끼얹고 무자맥질로 몸 좀 풀고
　천천히 물살 저어 나아가봤으면 좋겠소
　헤엄 서툰 자 물에 빠져 허우적거리면
　물장구치는 줄 알고 깜빡 속아주다가
　허파에 송사리 몇 마리 들여보내다가
　간질간질 간질간질 발바닥이나 간질이다가
　아직 이런 곳 오려면 멀었으니 돌려보내겠소
　저 물가에서 발 동동거리며 사색이 다 된 얼굴들
　어느 세월의 굽이에서 누군가 사경을 헤매던 나를
　안아 일으켜주었듯이 그만 돌려보내겠소
　그리고 아무렇지도 않게 개헤엄으로 개구쟁이 되었다가
　지치면 송장헤엄으로 폼 바꿔

쉴 만한 물가 찾아 쉼 없이 험한 물살 헤치고 예까지 왔
으니
　　천천히 물갈퀴 놀리며 햇볕 따스한 곳으로
　　물살 저어 가봤으면 좋겠소
　　삶은 간단없이 목울대까지 차오르는 울음처럼 처연하지만
　　오늘밤에는 자지러지게 울다 어느 틈에 배시시 웃던
　　그 옛날 당신의 배냇저고리 아기처럼 배냇짓 한번 해봤
으면 좋겠소

2008, 무자년, 망통

진즉 알아봤어야 했다
무자년 이년, 자칭 족집게 무당이라고 광고하려 했느냐
자식 없으니 이판사판 개판이라고 나팔 불려고 했느냐
육백 년 만에 돌아온 지난해 황금돼지해에는 얼마나 가
슴이 설렜던가
금은으로 빚은 돼지를 장롱 깊숙이 숨겨두고
서둘러 혼례를 치르고 꿍꿍거리며 수태를 하고
팔복을 안고 태어날 아이를 얼마나 손꼽아 기다렸던가
그 희망의 돼지가 꿀꿀거리며 빠져나가기 무섭게
삐꿋이 대문 열고 찾아온 2008, 이년 무자년(戊子年)!
정초부터 사정없이 이쁜 짓만 골라 하는구나
주택담보대출 받아 투자한 명품 가구점 왕창 부도나
원금에 고금리 이자에 갚을 길이 막막해
급매물로 집 내놓았으나 어느 누구도 코빼기도 안 비치고
무자년 이년, 도리 없이 이산가족 만드는구나
묘안 없는 가장 방 하나 내준다는 토지문화관에 쫓기듯
숨어들어와 팔베개하고 누웠다
입주 동료들 술추렴하다 언성을 높이고 싸움을 벌이고
뜨거운 햇살 온몸으로 맞으며 긴 임도를 걷고
밤에는 거르지 않고 마을 끝까지 마실을 나갔다
그 동무들 식구들 곁으로 갔는가 어디 외박이라도 나갔
는가
이번 주말은 나 혼자뿐이구나

컵라면에 햇반에 선배 작가가 놓고 간 떡갈비 한 조각으로
　조촐한 성찬 즐기며 주말연속극 〈엄마가 뿔났다〉를 본다
　엄마들은 날마다 뿔난 줄 알았는데 저 엄마는 이제야 뿔
이 났네
　끝나기 바쁘게 채널을 돌리니 검은 화면 가득
　불이다 꽃이다 촛불 불꽃 꽃밭이다!
　서울광장에 광화문 네거리에 촛불들이 무진장 떠오른다
　월 가의 월월 개 짖는 소리에도 가슴이 두방망이질하는
나라의
　풋싸리들이 들고일어나니 홍싸리 흑싸리들도 촛불 받쳐
들고 일어났구나
　텍사스에선가 캘리포니아에선가 소 한 마리가 절뚝,
　무릎 꿇고 넘어진 것 그것 때문이겠느냐
　오직 미친 아메리카 그 소 한 마리 때문이었겠느냐
　무자년 이년, 눈감고 귀 막고 잘도 둘러대는구나
　패가 몰리자 슬쩍 패 바꿔치려고 용쓰더니
　저런저런, 제 꾀에 제가 넘어가고 말았구나
　밤늦게까지 꺼지지 않을 촛불 만다라 넋 놓고 바라보다
　휴게실 불을 끄고 밖으로 나왔다
　어둠 천지에 보이는 건 버스 종점의 가등과 마을의 불빛
몇 점
　그 가두리 이쪽저쪽으로
　옥수수밭 옥수수 쑥쑥 키가 크고 산딸기 붉게 익어가도

혼자뿐인 날 위로하려는지 머구리떼 울음이 여름밤을 울린다

오늘밤은 나도 거기 섰다판에 한자리 끼워주겠다고?

장땡이다 왈왈 광땡이다 왈왈왈 흥겨운 소리나마 맘껏 들어보라고?

그래 이놈들아, 내 코가 아무리 석 자라 할지라도

개평 한 푼 안 뜯을 테니 염려 마라

뭐라, 이년 무자년, 박색 주제에

미인계라도 써볼 테니 아예 한판 붙어보라고?

끗발 한끗 없는 2 8 망통으로도 충분히 적을 굴복시킬 수 있다고?

무자년 이년, 눈치코치 요행수에 눈알마저 뒤집혔구나

이래저래 오늘밤에도 저 머구리놈들 때문에

소갈머리 없는 무지렁이 네년 때문에 잠들기 어렵겠구나

소박한 소망인 잠마저 송두리째 빼앗아가는구나

별 하나 뜨지 않은 배소(配所)의 밤은 깊어가는데……

헌화가

동해남부선이나 한번 타보자고 하였다
삼십삼사 년 전 정월 초하루에
직장 선배들과
반쪽짜리 반도 동쪽 해안선을 따라
버스 타고
죽변에서 일박하고
기차 갈아타고
부산까지
쉬엄쉬엄 내려가던 길

오늘 다시 내려가며 찾아본다
강릉을 향해 올라오던 일행을
암소 끌고 가던 노인을
절벽 위에 핀 꽃을
그 꽃을 따달라고 부탁하는 여인을
두말없이 절벽을 기어오르는 노인을
꽃을 가슴에 안아 더 아름다워진 여인을
낚아채간 바다의 용을

어느덧 한꺼번에 모두 사라지고
좋은 풍경이 펼쳐지던 그 자리
꽃도 여인도 노인도 보이지 않고
용은커녕 이무기 한 마리도 보이지 않고

물색없는 파도만 저 혼자
분요하듯 출렁이는데

누군가 소리치며 손가락으로 가리킨다
저 깎아지른 절벽을 보라고
저기 요새에 대량 살상 무기가
첨단 전쟁 장비가
긴 수평선을 바다를 용을
단번에 물고 넬
철쭉보다 더 붉은 꽃들이
눈 시퍼렇게 뜨고 꼭꼭 숨어 있다고

이순(耳順)의 귀를 눈으로 옮겨 적다

여름은 가고
천렵도 끝이 나고
앞이마 뒤통수 훤하고
가짜 머리는 잠시 벗어두고
흐린 강물에 낯이나 문지르다가
발이나 담그고 있다가
납작돌 하나씩 들고
물수제비로 저 피안을 향해
쓱 쓱 쓱 물밀어가는
온몸으로 쓰윽 쓰윽 쓰윽 미끄러지며
물살 타고 넘어가는
넘어가 흔적없이 사라지는
쑥대머리여
쑥대머리들이여

*

소나기는 소나 웃기다 가고
가랑비는 그냥 가버리고
선뜻 부는 바람에 춤추는 이것은
어떤 비가 남기고 간 선무당인가
명아주 꺾어 만든 지팡이 짚고
가시덤불 헤치며

산마루 오르다 만난 산뽕나무
어디에서 어디만큼 기어왔는지
가지 끝에 오무작오무작하는 벌레를 본다
그 털북숭이가 걸음을 멈추고 뒤를 돌아본다
물끄러미 그를 바라보는 내 얼굴과 그의 얼굴이 겹쳐진다
우리는 한 방향으로 고개를 돌려 젖은
아득한 풍경을 본다
첩첩 삼삼(森森)한 저 산 산 산 들을
우리가 묘묘(淼淼)히 파도쳐 넘어왔구나

시월의 나비

나비야
한 제물을 받았구나
신문지 밥상에는
떡도 전도 나물도 동그랑땡도
메 올린 밥 한 덩이도
뭉뚱그려 진설되어 있구나
이미 싸늘히 식었겠지만
네 식성에 맞을지 모르겠지만
초록 대문 안 귀신이 먼저 입 댄 것이겠지만
배고프면 무엇인들 상관하리
나는 아침 일찍 청계산 이수봉에 올랐다
내려오는 길이다만
나비야 소복 차림의 나비야
너는 어디 있다 온 거니
식구는 아무도 없는 거니
그러고 보니 이번 추석에도
우리는 고향에 가지 못했구나
너나 나나 참!
한끼 노상 식사에 목이 메니
더도 말고 덜도 말고 한가위만 같아라, 라는
이 중추가절도
우리에겐 더할 것도 뺄 것도 없는 그냥
명목뿐인 명절이구나

112

으슬으슬 춥기만 하구나

어떤 행진 앞에서

아따, 살판났구먼!
시방 눈알 어지럽게 빙글빙글 지나가는 저것들이
동냥 바가지 하나씩 꿰차고
동네방네로 와르르르 저잣거리로 우르르르
떼 지어 몰려가던 흥보 자식들 환생한 거여 뭐여
쫄쫄 배곯는 것 서러워 뼈마디 마디마디 한이 맺혀
아예 처음부터 빵빵한 맹꽁이 배를 해갖구
꼭 그렇게까지 유세를 떨어야만 직성이 풀리는지
오장육부가 뒤틀리든 말든 쥐어짜지든 말든
게걸스럽게 죽이나 밥을 처넣고 그걸 되새김질하며
그 죽통 밥통 돌리고 돌리며 달려가는
너희 고래 뱃속에 나는, 던져준다
가난은 수치가 아니다 단지 조금 불편할 뿐, 돌려!
밥풀떼기들에게 밥이 생겨 술이 생겨
일인당 국민소득 이만 불 넘었다고 으스대는 지에미 뚜
쟁이들, 돌려!
정규직 칠백만 명에 비정규직 팔백만 명 경제 강국이란
다, 돌려!
아나 아날로그라고 매양 깐죽대는 너 뒈지털 디지털들,
돌려!
흠흠, 그러니까 선생은 결국은 좌편향인 셈인 거죠, 그
죠?, 돌려!
그렇게 돌리고 돌림을 당하니까

114

한두 개 죽통 밥통으론 성이 안 차 폼이 안 나

적어도 흥보네 떼거지들처럼 일개 분대는 되어 달려가

마천루를 올려라 아방궁을 지어라 타워 팰리스 넘어 파워 파라다이스를 세워라

그런 다음 우리네 삼간누옥을 짓든 말든 사상누각을 꾸미든 말든

너희들 식은 죽이 꼬두밥이 되기 전에

줄줄이 열심으로 죽통 밥통 흔들며 가는 현대판 죽살잇길 앞에서

나는 또, 빌어준다

어디 가 푸짐하게 똥을 싸든 설사를 내지르든

우선적으로 배불뚝이 비곗덩어리 출렁이며 가는 너희들

신나게 맘보로 트위스트로 지르박 차차차로 돌려, 돌려, 돌리고 돌려!

봄바람 앞서 먼지바람 일으키며 내달려가는 저 걸신 귀신들,

네미널 레미콘들!

무릎걸음으로

배가 고파 그런 것 같진 않은데
그날이 왜 갑자기 떠오르는지 모르겠어요
제 돌날 말이에요
그날 저는 남색 조끼에 마고자를 입었나요
막내고모가 만들어준 예쁜 고깔모자라도 썼나요
저를 위해 마련한 돌상에는
백설기에 수수경단 쌀이나 국수가 차려져 있었나요
그리고 또 실타래 연필 공책 자 돈 같은 것들이 놓여 있었나요
이것들을 앞에 놓고 할아버지 할머니 엄마 아빠가 나란히 앉아 계셨나요
먹고 마시며 즐거운 시간이 이어지고
이윽고 돌잡이 차례가 와 제가 돌상 앞으로 가야 할 때
거기 돌상까지 제가 어떻게 갔나요
뿔뿔뿔 기어갔나요 아장아장 걸어갔나요
나중에 커서 들은 것처럼 그 중간쯤인
시적시적 무릎걸음으로 갔나요 그랬나요
그날 제가 무엇을 집었나요
연필을 만지작거리다가 돈을 만지작거리다가
실타래를 집어들자 아빠가 쯧쯧 혀를 찼나요
엄마는 대견한 듯 제 등을 토닥토닥 두드려주었나요
지켜보던 사람들이 모두 와 하고 웃음을 터뜨렸나요
그 자리에 저와 맞춤한 계집애 한둘은 있지 않았나요

제 꼬막손으로 그애 얼굴을 쓰다듬었나요
손톱으로 할퀴어 자지러지게 울게 했나요
그날 그 자리에 있던 이모 삼촌 고모부 숙모 사촌 들
뭐가 그리 급한지 저를 스치며 앞으로 뒤로 부리나케 갑
니다
바삐 오느라 미처 선물을 준비하지 못했다며
플라스틱 그릇에 동전 한 닢 떨구고 가는 저 사람은
저와 촌수가 어떻게 되나요
그날 이후 까맣게 잊어버렸던 그 많은 것들 중에서
이것 하나만은 살아남아
땅에서 올라오는 뜨거운 불길 헤치며
오가는 사람 물결 헤치며 나아가게 합니다
한번 더 그날 잘 차린 돌상 앞으로 앞으로
기쁨도 슬픔도 아무것도 모르던
그때 그 무릎걸음으로 나아가게 합니다

지혈(地血) 속으로

기럭지가 다섯 치가웃은 되는 지렁이가
여기가 어디라고
햇별 장글장글한 아스팔트 바닥에 엎드려
죽은 듯 가만있다가 꿈틀, 꿈틀,
몸을 움직인다

염색체가 어떻게 다른지 모르지만
예로부터 업시름 받아온 뱀으로 태어났던들
사단 마귀 소리 듣는 독사 새끼라도 되었던들
풀섶에서 모가지 빼어들고 혓바닥 빼어물고
한목숨 스적스적 희롱하며 살았을 것을
아무에게나 쉽사리 들키지 않고 살아갈 것을

어쩌다가 뱀의 반에 반만한 지혜도 지니지 못한
천덕구니 몸으로 태어나
허구한 날 배밀이로 뭉클다
피붙이 살붙이라도 찾아보러 나선 것인지
동냥젖이나 쪼끔 얻어보겠다는 것인지
길이 있는 데까지 가보겠다는 요량인지
온몸으로 다시 한번 꿈틀, 꿈틀, 꿈틀,

이곳에 살기 위하여
뜨거운 발바닥으로 발발거리며 지나가던

118

다섯 자 여섯 치짜리 기럭지를 옭아맨 그물이
잠시 그를 덮어주었지만
그는 애써 외면하고 뱃가죽에 피가 배도록
온 힘을 다해
들끓는 지혈 속으로 나아가는 것이었다

만리장성

하늘을 찌를 듯한
검은 첨탑이 있고
그 꼭짓점에 십자가가 있고
그 꼭대기에 피뢰침이 꽂혀 있는
언덕바지 교회
거기 막다른 길을 향해
오늘도 허위단심 오르는 사람들

그 허리춤에서 허리 한번 펴고
문을 열면
빠듯하게 놓인 의자에 겨우 엉덩이들을 걸친 채
점퍼떼기가 넥타이가 파마머리가 야구모자가
등산복이 개량 한복이 경찰이 피어싱이
폐지 노인이 찢어진 청바지가
제가끔 긴 면발을 솜씨 좋게 들어올리고 있다
양파도 단무지도 야무지게
씹어 삼키고 있다

우리 동네 중국집 만리장성은
홀에서 식사를 하시면
5천 원 짜장면을 3천5백 원에
5천5백 원 짬뽕을 4천 원에
모신다

케케묵은 마케팅 수법에 넘어간다고 비웃지 마라
제 몸뚱어리 하나 움직여 얼추 30프로 이문이 남는
이런 수지맞는 장사가
대명천지 어디 그리 흔하더냐

꽃아, 너는 좋겠다

개수대 개숫구멍에 오르르 올라앉은 밥알을 보고
여편네에겐지 딸년에겐지 아까운 양식 이리 버려도 되느
냐고
한소리 하자마자
제발 근천 좀 떨지 말고 어디 가 일자리나 알아보라고
지청구 먹고 쫓겨나온 벗과 함께
낮술을 마신다

평화시장에 물건 떼러 왔다 끼때를 놓쳤을까
옆구리에 집채만한 대봉 두어 개씩 끼고
묵묵히 밥을 먹고 있는 여자가 셋
저쪽 구석에서 등 돌리고 담배 피우는 사내 하나
카운터의 주인 남자는 황금색 금전출납기에
턱을 괴고 있다가 하품을 하다가
자울자울 졸고 있다
그 앞에 놓인 큼지막한 수국 한 분
어스레한 실내 빛 벌충하느라 얼굴 환히 밝히고 있다
어디서 수런거리는 소리 들리는가 싶더니
갑자기 비가 쏟아진다
선잠에 빠졌던 주인 남자가 깜짝 놀라 일어나더니
냉큼 화분을 품에 안고 밖으로 나간다

꽃아, 너는 좋겠다

흰 밥알이 오르르 고봉으로 올라
꽃이 된 꽃아
너는 밥 걱정 없고 어디 가 이 한 몸 받아달라고
애원하지 않아도 좋으니 좋겠다
비 맞아 새로 몸단장하고 근천 떨 일 하나 없으니
꽃아, 너는 참 좋겠다

동묘의 모란을 보고 나와

감색 줄무늬 양복에 붉은 행커치프 꽂고
백구두에 단장 짚으며 저 신사 양반 어델 가시나
연분홍 치마저고리에 핸드백 찰랑찰랑
흰 손수건으론 이마 콕콕 찍으며
욜랑욜랑 걸어오는 저 여인네는 또 어딜 가시나
헤매도는 발걸음이 오늘도 헤매다 맞닥뜨린
청계천변 무너져가는 삼일아파트 뒷골목
해거름이면 어김없이 고양이떼 출두하는 곳
수상한 인삼찻집이 줄지어 검은 유리창 안에서 숨쉬던 곳
벽마다 벌어진 틈새로 쉿가루 냄새 풍기는 건물들이
옛 벼룩시장의 영락을 일러주는 이 골목
어디선가 들려오는 기타 소리 있어 눈을 들어보니
─꽃마차 콜라텍
바야흐로 출발 서두르는 꽃마차를 타기 위해
헤엄쳐오는 저 젊은 오빠 누이들을 보아라
저들을 맞으려고 버선발로 뛰어나오며 우는 기타야 기타
줄아
모닥불 가까이 너는 울었다
노천극장 뙤약볕 아래에서 너는 울었다
노을 진 텅 빈 바닷가 모래밭 위에서 너는 울었다
네 울음에 우리는 목이 터져라 노래를 불렀다
저 어둑충충한 층계를 밟고 올라가면 그때처럼 너를 만
날까

꽃마차 속 은은한 오색 등불 아래 젖어드는 선율
초례청 앞인 듯 다소곳이 다가가 품에 안고
한 발짝씩 조심스레 밟아나가는 나이든 낯선 연인들
맞춤으로 빙그르르 돌리고 나붓나붓 미끄러지며 돌아나
갈 때
이제는 헐벗어 아무데서나 함부로 울지 않는
기타야 울어주렴
구파도 신파도 최신파도 너는 몰라도 좋다
좌파도 우파도 중도파도 너는 헤아리지 않아도 좋다
너는 다만 울어 소리를 만들고
그 소리는 꽃도 되고 나비도 되고 산도 강도 되고
사랑도 눈물도 되는 것을
달려나가는 꽃마차 꽃처럼 피어나는 추억을 위해
마음껏 너를 연주해주렴
머잖아 또 너를 찾아올 우리 애비 에미들을 위해
삼백예순 아니 석 달 열흘 아니 단 열흘만이라도
신명 다해 붉은 울음 울어주렴 울어나주렴 기타야 기타
줄아

비 내리는 테헤란로

여기는 늙은이의 거리가 아니다
일직선으로 뻗은 왕복 십차선 대로
유구한 오천 년의 역사를 가진 나라를 비웃듯
수십 년 만에 서로 먼저 하늘에 닿으려고
마법을 부리는 고층 빌딩들이 자웅을 겨루듯
어깨싸움을 하며 임립해 있는
그 아래를 천천히 걸어가며
산책할 수 있는 중늙은이들의 장소도 아니다
무서운 속도로 질주하는 차량들의 행렬
저마다 각이 지고 날카로운 모서리를 가진 것들이
태양의 입자를 분쇄시키는 정오
고래의 아가리 아가리가 열리며 쏟아져나오는
저 매끄러운 상어들을 보라
첨단 소재의 부드러운 질감으로 만들어진 의상
그러나 구속을 싫어하는 세대답게 자유로운 복장으로
애완견의 인식표 같은 사원증을 목에 걸고
삼삼오오 오찬을 만끽하러 가는 저 젊은이들을 보라
저들은 컴퓨터와 계산기와 주가와 채권과 신용장과
각양각색의 서류와 상품과 최신 IT를 활용해
소통하고 타협하고 거래하고 파기하고 또 계약했을 것이다
때론 고함치고 때로는 속삭이며 은밀한 자본의 논리를
매뉴얼에 맞게 신속하게 처리했을 것이다
식당 앞에서 차례를 기다리며

기름진 음식을 멀리하고 칼로리와 콜레스테롤에 신경쓰며
저들은 한낮의 미각을 즐긴다
카페를 찾아 앉거나 테이크아웃 커피를 들고 거리를 거
닌다
옹기종기 모여 서서 담배를 피우며 담소를 나누기도 한다
그리고 그들은 다시 인양되는 것이다
거대한 크레인의 갈퀴손이 그들을 하나하나 집어올려
요나처럼 고래 뱃속에 집어넣는 것이다
그 거리에 지금은 비가 내린다
비가 내려도 풍경은 바뀌지 않는다
이 거리의 터주들이 잠시 사라졌을 뿐
그들을 삼킨 인텔리전트 빌딩들은 새로 화장을 하듯
빗방울 하나 소홀히 낭비하지 않는다
어느 먼 나라 왕조의 수도 이름을 딴 이 거리를
이방인 같은 우산들이 걸어가는 거리를 따라가며
허리 굽은 두 양주가
한 우산 속에서 서로의 불편한 몸을 이끌고
찬찬히 무엇인가를 살피며 서 있다가 걸어가고
또 서서 말없이 무언가를 지켜보다가
마침내 결심한 듯 힘겹게 회전문을 밀고 들어가는 것을
본다
그들이 사라진 빌딩 처마 아래에서 가까스로 비를 피하며
무르춤히 서 있는 저축은행 입간판을 읽는다

 # 정기예금 금리

* 12개월 이상: 2.2%

* 18개월 이상: 2.3%

 # 정기적금 금리

* 6개월 이상: 2.70%

* 12개월 이상: 3.10%

이 거리는 늙은이를 아주 외면하지는 않는다

이렇게나마 그들은 늙은이들을 우대한다

비 내리는 날도 공치지 않고 피땀 어린 돈을 공손히 받아

들인다

돼지가 ㅎㅎㅎ 웃는 날

　—실례합니다. 여기가 광장시장 만판 먹자판 맞습니까?
　—그런 것 같습네다.
　—날도 추운데 시뻘건 전기난로가 있는 저 안쪽이 낫지
않습니까?
　—일없습네다.
　—조신하게 앉아 있는 자세가 점안식 기다리는 애기 부처
님들 같습니다.
　—……?
　—여럿 가운데서 선생이 단연 돋보이는데 무슨 비결이라
도 있습니까?
　—그런 것 없습네다.
　—이북 말투이신데, 고향이 어디십니까?
　—저는 경기도에서 나서 자라고, 주인 양반은 그쪽 같았
습네다.
　—무슨 증거라도 있습니까?
　—간혹 술 한잔하면 삼팔따라지가 어쩌고, 아～ 산이 막
혀 못 오시나요라는 노래도 불렀던 것 같습네다. 저는 엉겁
결에 한두 마디 배운 것뿐입네다.
　—주인장께서 연세가 꽤 되실 것 같은데 잘해주었습니까?
　—그분은 이제 돼지막에는 거의 안 나오고 셋째 아들이 도
맡아 합네다. 두 사람 그런대로 괜찮았습네다.
　—자다가 봉창 두드린다고 요즘 통일은 대박이라고 떠드
는데, 그 사람 통일되면 신나겠습니다. 누구만치로 소 대신

선생분들 앞세우고 금의환향할 것 아닙니까?

─그때 가봐야 알지 지금은 모르겠습네다. 숨 좀 쉴 만하면 또 구제역이다 뭐다 해서 순식간에 줄초상이 나고 말입네다.

─그렇겠습니다만, 선생 후배들에겐 그런 기회가 언젠가 꼭 오길 바랍니다. 그런데 아까도 말씀드렸듯이 선생 신수가 훤한데, 고생은 별로 안 하고 사신 것 같습니다.

─그거야 오늘 아침 일찍 이 식당 바깥주인이 마른 수건으로 얼굴을 닦아주고 나무젓가락으로 콧구멍 귓구멍 소제도 해주었습네다. 그 덕분일 겝네다.

─그래도 유독 선생이 눈에 띄는데 평소 덕을 많이 쌓으신 결과일 것입니다.

─그래 보입네까? 감사합네다. 아, 잠깐 비켜주시겠습네까. 저기 누가 날 보러 옵네다.

─누구 말입니까? 저기 여우 목도리 두른 여자 말입니까?

─맞습네다.

─어찌 그리 대번에 알아보십니까?

─ㅎㅎㅎ. 틀림없이 저를 선택할 겝네다. 한때 이곳 포목점이 유명했었다는데 오랫동안 시들부들하다 이번에 큰 포목점을 오픈할 거라는 소문이 돌았다고 들었습네다. 그래서 개업 고삿상에 돼지머리를 올리려고 여길 찾아온 게 아니겠습네까. 그리고 그가 바로 저란 말입네다. ㅎㅎㅎ.

─무슨 근거로 그렇게 자신만만합니까?

―글쎄, 어젯밤에 제가, 제가 말입네다. ㅎㅎㅎ, 꿈을 꾸
지 않았겠습네까. ㅎㅎㅎ, 돼지꿈을 말입네다. 그것도 돼지
막에 불이 나 다른 돼지들은 이리 뛰고 저리 달아나며 꿀꿀
거리는데 나 혼자 불구덩이 속에서 신나게 춤을 추며……
ㅎㅎㅎ ㅎㅎㅎ……

 ―헐! 불속에서 춤추는 돼지라니! 선생 나라에서도 그런
꿈이 길몽입니까. 우리 한국인은 불 물 똥 돼지 그런 것 나
오는 꿈을 기가 막힌 최상의 꿈으로 치는데, 선생 꿈 내가 꿨
으면 로또복권 일등 당첨은 떼어놓은 당상인데, 아깝다 아
깝습니다. 허허허 허허허……

위대한 꾸〔句〕

"만국의 노동자여, 단결하라!"
이 위대한 꾸를 만방에 선언한 자의 명성은 퇴색했지만
이 꾸만큼은 오늘에도 생생하게 살아 있어
때가 되면 붉은 머리띠 두르고 만장 같은 깃발 휘두르며
하나된 몸으로 요구할 것을 당당하게 요구하는데
왜 그들보다 힘없는 외로운 이들의 목소리는 잘 들리지
않는가
그가 경멸해마지않은 "모든 인간은 형제다"라는 신념의
악영향 때문인가

"메멘토 모리—죽음을 기억하라"
이 위대한 꾸는 로마 개선장군의 바로 뒤를 따르던 노예
들이
쉴새없이 속삭여대던 소리가 아니었던가
그러나 요즘엔 그 노예들이 개선장군을 조롱하며 끌고 가듯
죽음은 자기를 잊지 말라는 충고를 되새길 틈을 주지 않고
안 가겠다고 발버둥치는 자들 대신
골백번 죽어도 죽으면 안 될 사람일수록 앞장세워 저승
으로 데려간다

"네 이웃을 네 몸같이 사랑하라"
이 위대한 꾸 앞에서 나는 언제나 몸 둘 바를 모른다
나도 아니고 내 몸, 이 몸뚱어리를 결코 사랑한 적이 없

는 내가

  분노와 치욕으로 짓무른 이 몸으로 어떻게 이웃을 사랑
하란 말인가

  한 자루 뼈나 한줌 재가 되기 전에 그들 눈에 띄지 않게
해주는 것이

  내 이웃에게 한없는 평온과 행복을 선사하는 것이 아닌가

  "타인이 곧 지옥이다"라고 일갈한 사팔뜨기 철학자의 명
구를 방증시켜주는 것이 아닌가

  "그래도 삶은 지속된다"

  이 위대한 꾸에는 마지못한 체념과 순응이 깔려 있지만

  그런대로 어느 정도 위안과 희망을 준다

  이에 힘입어 이 꾸를 패러디하고 싶은 욕망을 느낀다

  "그러므로 삶은 지루하다"

  촌티가 물씬 풍기는 단순 소박한 이 꾸 속에는

  헐떡거리며 지루(遲漏)할 뿐인 삶을 단 한 번

  벅찬 사정으로 끝장낼 수 없는가라는 열망과 초조함이 들
어 있다

  그렇지 않은가, 완전 뻔뻔 지리멸렬 삶아!

종로유사(鐘路遺事)

여(余)가 북위 38도를 훌쩍 넘은 다목리란 곳에서 천일 야를 수자리 서다 돌아와 흥인지문 밖의 잡지사에서 밥을 벌고 있을 때 하루는 난데없이 한 여인이 보따리를 들고 찾아왔는데, 풀어놓고 보니 제임스 볼드윈이라는 작가의 『또 하나의 나라』의 번역 원고였는데, 번역자가 어쩌된 영문인지 몇 해 전에 죽은 김수영(金洙暎)인 기라. 원고지에 작은 글씨로 또박또박 세로쓰기로 된 그 원고를 매끄럽게 윤문을 해달라는 부탁이었는데, 소설 한 권 읽는 셈치고 받아들여 처음에는 제법 의욕을 보였으나 진도가 나갈수록 자꾸만 어디선가 그가 그 큰 눈을 뜨고 "네까짓 게 감히 내 원고를!"하는 소리가 들리는 것 같아 나중에는 맞춤법, 띄어쓰기만 신경써 돌려줬는데, 그후 원고가 퇴짜를 맞았는지 영 감감무소식이더라. 그리하여 일이 끝나면 먹자는 맛있는 식사도, 종로 안국동 네거리께에 있다는 출판사도, 미모의 심(沈) 아무개 입학 동기도, 그리고「달나라의 장난」주인공도 한순간에 또하나의 나라 어딘가로 영영 사라져 버린 기라.

길 건너 종로서적 앞, 울짱을 친 듯 도열해 있던 버스들이 하나씩 둘씩 줄을 지어 떠나며 차르륵 봄 스크린이 펼쳐지자, 거기 어디서 본 듯한 입성이 보이는 기라. 청재킷 청바지에 베레 쓰고 단장 짚은 것까지 똑같은 기라. 그끄러께 늦여름이던가, 선운사 동백여관. 밤늦게 비가 속살거리는

데 복도에서 느닷없이 "야, 승해(升海)야 자냐. 일루 나와
나이팅게일이나 듣자"라는 소리가 들리는 기라. 아까 저녁
날에 아래켠 동백식당에서 만난, 부친의 대학교수 정년퇴임
을 맞아 가족과 함께 미국에서 일시 귀국한, 입이 쇳덩이처
럼 무겁던 그의 장남을 부르는 소리에 여도 뭔지도 모를 나
이팅게일을 들어보려고 귀를 쫑긋 세워 문지방 밖에 살짝기
내어놓고 기다리다 기다리다 그만 잠이 들어버리더라. 내일
아침에 같이 질마재 가보자던 그날의 그 미당(未堂), 잠시
주위를 두리번거리더니 곧 인파에 휩쓸려 네거리 쪽으로 자
늑자늑 걸어가더라.

  웬일로 YMCA 앞을 막 지나가고 있는데 어깨 구부정히
안짱다리 걸음으로 앞서 걷는 이 있는 기라. 조계사 옆 골목
에 있는 평화당인쇄소에서 같이 필름 교정 보고 나온, 자나
깨나 영화감독 입봉이 꿈인 이세룡(李世龍)이 한달음으로
뛰어나가 그의 어깨를 감싸안듯 돌려세우더니 살뜰히 절을
올리더라. 그는 절을 받는 둥 마는 둥 갈색 점퍼 안주머니에
서 바둑판 같은 국민학교 국어 공책에서 찢어낸 종이 한 장
을 꺼내 내미는데, 거기에는 받아쓰기 시험이라도 치른 양
대문짝만한 글씨가 삐뚤빼뚤 썩어 있더라. 그와 헤어지고
방금 그 사람이 누구냐고 묻자, 이 채플린 마니아는 천하의
김종삼(金宗三)을 여직 모르고 있느냐는 듯 의아한 눈빛으
로 여를 바라보더라.

인사동 초입에 있는 예총회관 낮은 돌계단에 반쯤 옆으로
누운 자세로 앉아 있던 천상병(千祥炳)이 여를 보자 "아, 박
(朴)형이요! 아, 박형이요!" 반색을 하며 함박웃음을 터뜨
리더라. 그 순간부터 그는 여가 묻는 말에 매번, 한 번도 틀
림없이, 꼭 두 번씩 대답을 되풀이하더라. 그 반복이 한 치
도 어긋남이 없더라. 낙원동 식당에서는 안주로 소금을 엄
지와 검지로 찍어 먹으며 막걸리를 마시는데, 그것도 딱 두
잔만 마시는 사이, 무슨 긴한 약속이라도 있는 듯 애 주먹만
한 손목시계는 열두 번도 더 들여다보더라. 인터뷰 사례비
로 오만 원을 건네자 그는 다시 예의 그 묘한 웃음을 터뜨리
며 한사코 여를 '귀천(歸天)'으로 끌고 가 아내 목순옥(睦順
玉)에게 인사시키고 신나게 자랑하더라. 아내가 그 돈 저에
게 맡겨두시면 매일 맥주 두 병씩 사드리겠다고 꼬드기지만
그는 그 유혹에 넘어가지 않고 돈 자랑만 하고, 그런 내외의
끝없는 실랑이가 즐겁고 재밌더라.

또 인사동 그 언저리 얘기로, 술참 때가 따로 있던가, 대낮
에도 일삼아 어둑선하고 사철 지린내가 진동하는 골목길을
에돌아가면 있던 그 옴팡집. 때로『만다라』의 김성동(金聖
東)과 미구에 태어날『혼불』의 최명희(崔明姬)가 출몰하던
그곳은 소문난 모주꾼 박정만(朴正萬)의 청석골이자 파발
역참이요 소인극 무대였더라. 그는 술이 서너 순배 돌면 지

그시 눈을 감고 배호의 〈누가 울어〉〈당신〉〈마지막 잎새〉를
감칠맛 나게 부른 후 목 한번 축이고 수없이 가슴에 삭이고
삭인 시를 여봐란듯이 읊조리더라. "한 마장의 하늘을 떠도
는/ 떠돌이의 피를 가지고/ 자네, 민들레 꽃씨 같은 얼굴을
하고/ 어디로 어디로 흘러가는가/ …… 히히힛! 요것이「풍
장(風葬)」이란 시여." 그 자리 말석에 끼어 "좋네요" 추임
새 넣어주는 삯으로 무람없이 사발통문으로 건네오는 술잔
에 일모(一毛)와 여는 으레 대책 없이 취하더라.

　기억나는 시간 순서대로 적었으나 백 퍼센트 정확한지는
자신할 수 없고, 이제는 거의가 고인이 되었고, 사라지거나
없어진 상호와 건물이 태반이라 이해에 곤란한 점이 있으
나, 여가 떠꺼머리 시절에 종로 바닥에서 보고 겪은 것을 이
와 같이 기록해둔다. 기축년, 중추.

눈 부릅뜬 눈

모처럼 두 무릎 펴고 길게 누운 육신
그 육신이 차갑게 돌처럼 굳어갈 때
바야흐로 사후강직이 찾아오기 전 마지막 치르는 의식
아무래도 스르르 감겨드는 눈을 아주 감는 것이겠지
피사체 겨냥한 셔터가 찰칵 하고 제 임무 마치듯
캄캄하게 막을 내리는 것이겠지
그때 어디선가 참았던 울음소리 들릴 때
커튼콜 환호 소린 줄 잘못 알고
예의상 무대 앞으로 나가 정중히
절 한번 해야지 하며 간신히 두 눈 뜰 때
그때 눈 부릅뜬 눈이 아니었으면 좋겠어
영화 같은 데서 사람이 포원을 안고 죽어갈 때
두 눈 뜬 채로 죽어
어머니가 핍박받는 연인이 오열 속에
허공 향해 부릅뜬 그의 두 눈을 쓸어 감겨주는 장면
아직 할 일이 남아 못다 이룬 꿈이 있어
아 이것이 인간인가 반문하고 분노하고 상처받느라
그게 반나마 한이 되어 눈 못 감고 세상 뜬 그이처럼
나 죽어갈 때 눈 부릅뜬 눈이 아니었으면 좋겠어
성자처럼 알 듯 모를 듯한 미소 지으며 죽어갈 순 없겠
지만
모든 것을 버리고 미련 없이 떠나는 길은 아니겠지만
눈 부릅뜬 눈으로 당신을 올려다보는 내가 아니었으면 좋

겠어
　　그러면 내 눈 감겨줄 당신 수고는 덜어줄 테니까
　　무능했던 아비 잠시 잊고 껵껵 울지도 모를
　　자식들 울음도 조금은 감해줄 수 있을 테니까

마지막 모닥불

우리 마지막 마주앉을 자리는 이런 해장국집이 제격이리
너도 오늘 같은 날은 국밥에 술 한잔 걸치고 싶을 거라
그래, 네 잔도 함께 놓고 술 따르고 쨍 하고 잔 부딪치고
찬 술을 마신다
밤샘하며 마신 술 위에 붓는 술은 쓰지도 달지도 않고나
싱겁지도 그렇다고 무겁지도 가볍지도 않고나
그곳에 가도 이곳 술 인심만은 잊지 말라고
남은 술 마저 철철 넘치도록 채워주고, 일어선다
옛날에 냄새나는 하천 부지였다가 시 주차장이 되었고
새벽이면 인력시장이 선다는 곳
지름길인 그 어두커니 길에 피어 있는 모닥불 두 무지
그 가로 한돌림으로 엮여 있는 사람들
아직은 아무데로도 팔려가지 못한 사람들
(너는 저세상에서 누가 널 사겠다고 불렀는가 그래서 군
말 않고 따라가려는가)
하나같이 불을 향해 손들을 내밀고 있는 사람들
갓난애처럼 쥐엄쥐엄 주먹을 폈다 오므렸다 할 사람들
손목댕이 한 오라기 들이밀 틈이 없어
우리는 그들의 등에 등을 맞대고 돌아섰다
희끗희끗 비치는 듯하더니 어느새
비껴 날리는 싸락눈에 얼굴 내주고 등골을 말린다
그러고 보니 줄곧 누워 지낸 네 허리도 눅눅하겠구나
그나마 지닌 체온 다 빼앗겨버린 지금

이 온기 몇 점 불티처럼 불려가 네 척수 덥혔으면 좋으
련만

아냐, 괜찮아? 곧 불가마 들어가 원 없이 몸 녹일 테니 걱
정 말라고?

그곳에 가면 또 등 지질 따신 구들방 있을 거라고?

그래도 서로 등 비벼댈 사람 없이 너 혼자라면?

우리는 유난히 추위를 타는 그에게 건네줄 불시울 한줌씩
아낌없이 껴입었다

발인이 시작되었는지 병원 후문 쪽에서 울음소리가

사위어가는 모닥불의 마지막 불꽃처럼 확 솟아올랐다

파경을 향하여

마음도 마음놓고 한자리 못 앉아 있겠다고 하였다
열불이 난 몸도 더는 못 참겠다고 하였다
어디 가 바람이라도 쐬고 와야지
이러고 있다가는 제명에 못 살겠다고 하였다

아직 납기일 남은 아파트 관리비라도 내자고 하였다
은행 뒤편에 있는 어린이 도서관에라도 가자고 하였다
둥근 테이블에 앉아 발 간당거리며 그림책을 넘기는
지금쯤 어린이집이나 유치원에 있어야 할
저 어린것들은 누구냐고 궁금하다고 하였다
그러나 애써 묻고 싶은 생각은 들지 않는다고 하였다
저들을 보호해야 하는 보호자들은
어디에 숨어 있느냐고 굳이 따질 필요는 없다고 하였다

서가 이쪽저쪽을 기웃거리다가
한 귀퉁이 책상 앞으로 가보자고 하였다
거기 방치된 듯 지구의가 놓여 있다고 하였다
천천히 그것을 돌려보자고 하였다
삐걱거리며 억지로 공 굴리는 소리가
앙탈하는 소리 같아 듣기 좋은 소리는 아니라고 하였다
채신머리없게 비듬처럼 우수수 떨어져내리는 먼지에
재채기가 나오려는 것을 간신히 참는다고 하였다

그래도 오대양 육대륙은 그대로 있는 것 같다고 하였다
시커먼 것은 파리똥인가 포탄 자국인가
얼른 구분이 안 된다고 하였다
얼룩덜룩한 것은 쥐 오줌인가 쓰나미가 할퀴고 간 상흔
인가
쉽게 판단할 수 없다고 하였다
껍질이 벗겨져 속살이 훤히 드러난 저곳은
지진이 지랄발광한 흔적이 틀림없을 것이라고 하였다

얼른 나가 WD-40 윤활제라도 사오면 안 될까 하였다
지구의 회전축을 향해 분사하면
지구의 자전이 보다 원활하게 이루어지지 않을까 하였다
아예 코팅 전체를 벗겨내고 샅샅이 닦고
유약을 바른 후 새 코팅으로 정성스레 표면을 감싸면
지구가 깨끗하게 되살아나지 않을까 하였다

다시 한번 지구의를 돌려보자고 하였다
그 순간 아이 하나가 소리 없이 걸어왔다고 하였다
계집애는 손을 내밀어 그것을 잡아보려 하지만
거기 미칠 수 없다는 것을 알고 풀이 죽은 것 같다고 하
였다
나를 빤히 올려다보는 그런 꼬마 숙녀를 번쩍 들어올려
지구의 가까이로 모셔 가자고 하였다

고사리 두 손을 뻗어 왼쪽으로 오른쪽으로
지구의를 돌려보려 하지만 꿈쩍도 않는 것을
계집애는 금세 알아차린 것 같다고 하였다
활짝 편 꽃잎 두 장을 모아 힘을 주게 하고
그 여린 손 위에 내 옹이진 손바닥을 얹어
먼저 오른쪽으로 함께 돌려보자고 하였다

지구가 생겨난 지 사십육억 년이나 되었지만
인간의 나이로 계산해보면 환갑인 예순한 살
그동안 한 이불 덮고 살아온
야만과 폭력과 증오로 힘이 빠지고 지쳐
그만 끝내버리고 싶은
아무데서나 뛰어내려 끝장을 보고 싶은
오늘 아침만 해도 살래, 안 살래?
멱살 잡고 흔들다 제풀에 풀썩 주저앉았다가
여기 와 이렇게 지구의를 돌리며
파경을 향해 치닫는 우리 관계를
이대로 가만 놔둘 수는 없지 않느냐고
무슨 수를 써서라도 그것만은 막아야 하지 않느냐며
초록도서관에서 초록아이와 함께
상처뿐인 지구의를 돌린다
늙고 병든 지구를 돌린다

144

빙탄의 시

그 병원
대청마루같이 훤한 신생아실의
통유리 앞에는
화사한 옷을 입고
얼굴 가득 웃는 사람들이
둥그렇게 모여 있다
언제나처럼 육중한 철문이 굳게 닫힌
중환자실 입구는
면회 시간을 기다리는 사람들로
초조하다
잠시 후 시간이 되어
그 안에 들어갔다 나오는 사람들은
하나같이
입술을 깨물거나 흐느끼거나
왈칵, 울음을 터뜨리며 벤치에 몸을 던진다

사복(蛇福)이라는 건축가의 공들인
설계도면에 따라 지은
큰어머니가 일주일째 인공호흡기 쓰고 누워 있는
영등포구 대림동 소재 그 종합병원에는
중환자실과 신생아실이 샴쌍둥이처럼
ㄱ자로 붙어 있다

자, 이제 우리 그만 작별하세

1
해가 돌고 달이 돌고 빠르게 구름이 흐르고
손나발을 불고
저잣거리를 헤매던 발아 발가락들아
뿌리박힌 티눈들아
너희들 가까이 눈을 대고 들여다보니
남은 것은 하 회한이요 탄식이요
부끄러움뿐이오
하여 어느 날 아침 코피를 터뜨리다가
붓 잡아 두서없이 이 짧은 글을 초하려 하니
뜻있는 자 이죽대지 말 일이요
양식 있는 자 꼴불견이라고 눈 치뜨지 말지어다
그대들에게 나 지은 죄 없고
벌받을 짓 저지른 적 없으니

자, 이제 우리 그만 작별하세

2
누구냐 날 부르는 이
낡은 두개골과 좌심방 우심방 서로
누가 더 잘 두근거리냐고 닦달받는 심장과
읽는 책 페이지마다 버릇처럼 수상한 문장에 밑줄 긋고
행간 사이로 부는 바람에 침 흘리며

맹목으로 입맞췄을 뿐
어머니, 저는 괴로운 적 없어요
괴로워 몸부림친 적 없어요
몸부림쳐 길바닥에 몸 구른 적 없어요
몸 굴려 피 흘린 적 없어요
어머니, 저는 이제 한낱 눈물의 왕자
두 줄기 눈물은 너무 적을까봐
따로 심금(心琴) 한줄기 지음받았지만
그것마저 벌써 어디서 줄이 끊겼는지
고장이 나버렸는지
어머니, 저는 이제 눈물마저 메마른 가난한 눈물의 왕자

자, 이제 우리 그만 작별하세

3
말의 꼬리를 물고 늘어지고
시소를 타듯 그네를 타듯
생각의 허리띠를 풀고 옥죄이고
진흙으로다 세모래로다
밥을 안치듯 반죽을 하듯 주물럭거렸으니
그 서푼짜리 지식과 이념과 사상의 관념을
양푼이비빔밥처럼 마구 뒤섞었으니
피 너무 묽어 고민인 엘리엇 씨

─

그 반동이었을까 진한 차를 얼마나 자주 마셨는지
I have measured out my life with coffee spoons;
품위 있게 노래했지만
우리는 그럴 시간도 여유도 없었느니라
우리가 할 수 있는 것은
커피 스푼 들어내고 그 자리에 penis를 들어앉히고
빗속에 어깨동무하고 갈지자걸음으로 히히덕거렸으니
전두엽에 좀이 슬면 차라리 낙원이요
근심하는 해마에게는 골짜기마다 지옥이라

자, 이제 우리 그만 작별하세

4
괄호 열고……
괄호 닫고……

낭랑하신 선생님 말씀

뭐 그다지 주의할 것도 중요한 것도 없지만
못 미더워 주석을 다는 마음으로
한 번 더 초를 치는 마음으로
괄호 열고…… 괄호 닫고……

─

148

괄호 열 때도 있었으리라
꽃이 자기를 열 때
괄호 닫을 때도 있었으리라
벌을 제 품에 끌어들일 때

그러나 괄호 밖으로 나올 때
가지 마, 꽃이 속삭일 때
벌에 쏘여 꽃 지뢰 터지는 소리!
가라구, 꽃이 명령할 때
벌 한쪽 날개에 실리는 시한폭탄!

괄호 열리면 막막 광야
(괄호 닫으면 캄캄 동굴)

무덤 열고
무덤 닫고

그때부터 나는 천하태평하리라

자, 이제 우리 그만 작별하세

5
뒤울안 늙은 감나무 아래

정화수 떠놓고 날 위해 비손하던 할머니
그런 내 눈에 이미 이가 득시글거리고
콧구멍으로 파리떼 들락거리고
귓바퀴에는 진드기 창궐하여
바람 앞에 멍멍 서 있으니
아 망신이여 망가진 영혼이여
서녘 하늘에 붉은 부적 굿판의 무당 옷처럼 펼쳐지면
미리 받아 챙긴 저승길 노잣돈으로
부력 좋은 물침대표 칠성판 하나
싸게 살 수 있을는지
출렁출렁 파도타기 할 수 있을는지
조각배 삼아 밤도와
고향 전주 천변 한벽당(寒碧堂)에 이르러
그 윗내 물속에 돌 쌓아 타원형 만들고
거기 맨 안쪽에 깻묵 넣은 어항 놓고
피라미 몰아 잡던
그 놀이나 해종일 해볼 수 있을는지
지치면 그곳 둔덕 위 늘어서 있는 주막에서
오모가리탕으로 마지막 요기를 하고
세상 뜬다면 세상 뜰 수만 있다면
억울할 것도 슬플 것도 없을 것 같네

자, 이제 우리 그만 작별하세

박해석 전주에서 태어나 1995년 시집『눈물은 어떻게 단련되는가』로 국민일보문학상을 받으면서 작품 활동을 시작했다. 시집『견딜 수 없는 날들』『하늘은 저쪽』, 동시집『동그라미는 힘이 세다』가 있다.

문학동네시인선 094
중얼거리는 천사들
ⓒ 박해석 2017

초판 인쇄 2017년 5월 26일
초판 발행 2017년 6월 10일

지은이 | 박해석
펴낸이 | 염현숙
책임편집 | 김민정
편집 | 김필균 도한나
디자인 | 수류산방(樹流山房)
본문 디자인 | 유현아
마케팅 | 정민호 박보람 이동엽
홍보 | 김희숙 김상만 이천희
제작 | 강신은 김동욱 임현식
제작처 | 영신사

펴낸곳 | (주)문학동네
출판등록 | 1993년 10월 22일 제406-2003-000045호
주소 | 10881 경기도 파주시 회동길 210
전자우편 | editor@munhak.com
대표전화 | 031) 955-8888
팩스 | 031) 955-8855
문의전화 | 031) 955-3576(마케팅), 031) 955-2656(편집)
문학동네카페 | http://cafe.naver.com/mhdn

ISBN 978-89-546-4550-8 03810
값 | 8,000원

www.munhak.com
문학동네